창의인문학교 크레아티오

미래인재를 키우는 아동*청소년 교육운영모델

창의인문 독서코칭교재 논어편 [40주 교육과정-교사용]

크레아티오 창의인문 독서코칭은
지식을 기부하는 많은 분들의 나눔활동으로 성장합니다.

들어가며

창의성과 인문학을 함께 배운다는 것은....?

다가올 미래에 아동, 청소년에게 가장 필요한 것, 두 가지가 있다면 그것은 리더십과 창의성입니다. 어릴 적부터 누구나 이 두 가지 역량은 갖고 태어나지만 성장하면서 소멸되거나 장점을 살리지 못하는 경우가 많습니다. 지금의 교육현장에서 좀 더 집중해야할 부분입니다.

크레아티오 창의인문학교에서는 그동안 다양한 아이들에게 창의교육을 제공하면서 반복된 경험을 바탕으로 만들어낸 결과물을 분석하였습니다. 여러 상황에서 표현하는 아이들의 사고와 행동의 패턴을 인지하였으며 그것을 독서에 접목시켜 좀 더 재미있고 쉽게 인문고전을 읽을 수 있는 독서법을 소개하게 되었습니다.

본 교재는 아동, 청소년에게 창의성과 인문학을 융합한 독서방법을 알려주는 데 효과적인 방법을 제시할 것입니다. 학교의 교사와 학부모 및 현장에서 독서를 통해 교육을 준비하는 모든 분들이 쉽게 배우고 사용할 수 있는 창의인문독서법의 지침서가 될 것입니다.

교재의 활용성은 현재 전국의 지역아동센터와 드림스타트센터 등에서 관리하는 취약계층의 아동, 청소년들에서부터 일반 아동, 청소년에 이르기까지 누구나 활용 가능한 창의인성 교육 모델로 교사용과 학생용이 제공됩니다.

크레아티오 창의인문독서활동은 교육이 진행되는 과정 속에 8가지의 역량변화를 통해 창의인문독서 활동이 어떤 변화를 갖고 성장하는지 자신을 체크할 수 있는 창의이론[S모듈]을 제시합니다.

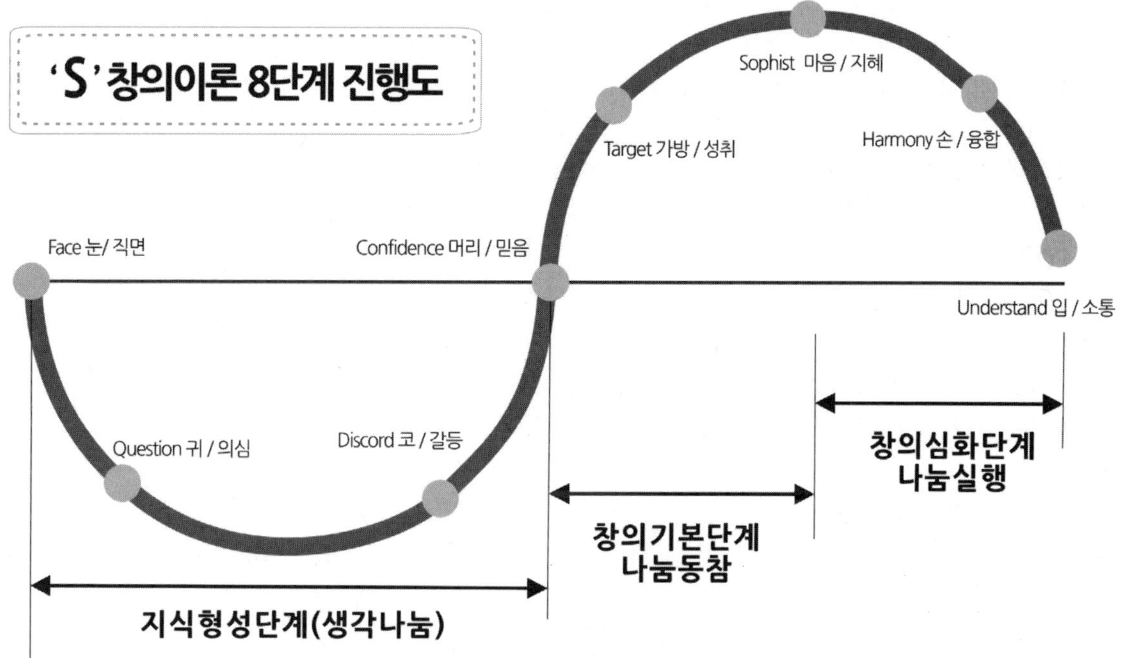

[1단계 직면단계 - 눈]
일상에 익숙해진 고정관념 속에서 자신의 문제를 정확하게 바라보지 않고 회피하는 단계

[2단계 의심단계 - 귀]
책속의 정보만을 신뢰하여 잘 듣지 않아 원활한 소통활동에 장애를 갖는 단계

[3단계 갈등단계 - 코]
자기중심성으로 모든 문제를 바라보며 무엇이 문제인지 몰라 왜곡된 시각으로 갈등을 겪는 단계

[4단계 믿음단계 - 머리]
자신의 지혜와 지식을 신뢰하는 뇌구조가 형성되어 최고의 대인관계를 표현하는 단계

[5단계 성취단계- 마음]
다양한 분야에 관점과 호기심으로 목표의 명확성을 마음으로 갖는 단계

[6단계 지혜단계 - 손]
조화로운 사고와 감정과 의지로 독창적 사고가 생겨 일상의 실행이 나타나는 단계

[7단계 융합단계 - 발]
여러 상황의 갈등을 분석하고 해결하는 통합적 사고능력이 습득되고 실행하는 단계

[8단계 소통단계 - 입]
공동체를 배려하는 언어선택으로 누구와도 쉽게 입으로 대화하며 지식을 소통하는 단계

창의인문독서코칭 논어과정 40회차 교육은 누구나 쉽게 배워 아이들에게 나눌 수 있는 장점을 갖고 있습니다. 아래 4단계를 제시된 10개 주제로 반복하면 됩니다. 가정의 자녀와 학교의 학생들에게 배움을 나누는 교사가 어떻게 독서에 흥미를 갖게 하는지 스스로 알게 됩니다.

크레아티오 창의인문독서코칭 교육은 4단계로 진행됩니다.

[1단계 주제독서코칭]
논어에서 말하는 10가지(학,효,군자,인,예,지,서,행,신,충) 주제로 창의토론을 합니다.

[2단계 융합독서코칭]
이솝우화의 교훈을 이야기하고 1단계 주제코칭과 융합하여 토론활동을 합니다.

[3단계 소통독서코칭]
논어주제와 이솝우화의 이야기를 합쳐 자신의 생각을 글로 써보는 컬럼쓰기 활동입니다.

[4단계 이미지독서코칭]
글로 완성된 자신의 생각을 이미지로 표현하는 창의활동입니다.

다양한 전문분야의 직장인과 교사, 대학생들이 크레아티오의 창의독서코칭에 참여하여 놀라운 변화와 나눔을 경험하고 있습니다.

아울러 아동, 청소년들도 다각적인 사고의 확장, 글을 이미지로 떠올리는 독창적인 독서방법들로 창의적인 뇌를 바꾸는 일에 흥미를 갖고 참여하고 있습니다.

창의사고력 증진을 위한 8단계의 성장모듈과 창의인문독서법의 4단계 독서코칭은 학생과 교사에게 독창적인 사고력과 언어, 도형, 입체적 관점, 다양한 표현력을 향상시킵니다.
책속에서 글이 의미하는 본질과 의미들을 자기생각으로 해석하고 융합하여 소통하는 독서효과가 나타나기 시작합니다.

향후 다가올 미래는 많은 변화와 혁신이 있을 것입니다.
그 미래가 우리 아이들이 살아야할 일상입니다. 창의인문독서 코칭활동은 기본적인 교육을 배우고 알아가는 데 꼭 필요한 8가지의 활동역량을 습득하게 할 것입니다.

필요한 역량을 균형있게 경험하고 습득한 아이들이 결국 미래의 창의적인 리더로 성장하게 될 것입니다.

크레아티오 창의인문학교
대표 장 태 규

목 차

책속의 지혜를 코칭하는 창의인문학교 "크레아티오"
취약계층의 아동, 청소년을 성장시키는 교육운영모델 제시

어릴적 인문고전을 읽은 아동, 청소년들은 상상력과 창의력이 높아져 독창적인 사고를 하게 된다. 삼류대학을 일류 대학으로 바꾼 시카고플랜이 그 좋은 예이다. 100권의 인문고전을 읽고 자신의 생각을 글로 표현하게 함으로써 85명이라는 노벨상 수상자를 한 대학교에서 배출해 냈다. 근래 인문고전의 효과성이 증명되면서 국내에서도 인문학의 관심이 고조되고 있으나 인문고전을 읽는다는 것이 쉽지 않고 또한 글속에서 본질과 흥미를 찾는 것은 더욱 어려운 일이다.

유명한 작가와 인문학교수가 진행하는 수준 높은 강연들은 학부모와 직장인들 및 대학생들에게 높은 흥미와 집중력을 준다. 그러나 수준 높은 강연을 항상 듣는다는 것은 쉬운 일이 아니다. 독서방법을 배워가는 아동, 청소년 및 학부모에게는 지속적인 자극이 무엇보다 중요하다.

크레아티오에서는 오는 2014년 6월부터 인문고전을 국내 소외계층의 아동, 청소년 및 교사들에게 전파시키기 위해 [창의인문독서 코칭봉사단 크레아티오]가 활동을 시작하였다.

급한 요청에 의해 봉사단이 만들어지거나 시간이 남는다고 할 수 있는 봉사활동은 이제 지향해야한다. 평소에 꾸준히 나눌 수 있는 재능을 마음으로 준비한 열정이 쌓여야 아이들에게 꼭 필요한 교육적 효과를 내는 나눔으로 흐를 것이다.

크레아티오의 독서방법은 기존의 리딩과 다른 독창적인 방법을 갖고 있다. 글을 읽고 쓰고 그리고 이야기하면서 자신의 생각을 융합하여 표현하는 4가지 방법으로 누구나 쉽게 배우고 익히며 가르칠 수 있도록 도와준다. 지난 10년간 수천 명의 아동, 청소년에게 다양한 재료를 활용하여 진행한 창의교육의 노하우가 활용되었다.

창의인문독서코칭의 1차 대상은 아동, 청소년이 공부하는 단체의 교사와 센터장을 중심으로 한다. 이것은 단회성으로 그치는 아동, 청소년 교육에 지속성을 갖기위함이다. 이후에 2차적으로 전국의 지역아동센터, 초등학교, 중학교 등의 아동, 청소년에게 적용시키는 교육운영모델이 될 수 있도록 정기적인 교육코칭을 전개할 계획이다.

현재 지역아동센터의 수는 전국에 4천개(2013년 기준)로 크게 늘었으나 운영의 어려움을 겪고 있다. 운영비와 교육자원의 부족이 가장 큰 문제이다. 개인이 운영하는 곳이 많아 역량이 부족한 시설도 이유이다. 국가보조금이 지원되는 아동, 청소년시설에 창의적인 교육모델을 통해 효과성을 검증해 내는 일은 중요한 과정이다.

특히 취약계층의 아동, 청소년들에게 더욱 배려해야 할 것은 전문교육에 대한 동등한 기회부여이다. 상대적으로 수준 높은 교육의 기회를 지속적으로 갖지 못하기 때문이다.

이에 크레아티오(CREATIO)에서는 창의인문독서교육을 통해 현재 운영되고 있는 지역아동센터의 교육모델을 위해 몇 가지 활동을 정리하였다.

첫째, 방과후 학교 및 지역아동센터에서 배우고 있는 국어, 영어, 수학, 및 예체능 교육활동을 보강할 수 있는 기본교육(창의,인성)을 제공한다.

둘째, 아동, 청소년들의 창의, 인성교육을 위해 인문고전을 읽을 수 있는 교육을 제공한다.

셋째, 교사와 센터장 및 지역아동센터에서 보유하고 있는 자원봉사자(대학생)들을 대상으로 독서교육을 통해 자생적으로 교육이 진행되도록 한다.

넷째, 6개월 단위로 교육이 진행될 수 있도록 전문교사를 파견한다.

다섯째, 창의인문독서 교육이 지속적으로 운영되기 위해 교육을 개발하고 제공한다.

본 교육은 추가로 예산을 편성하지 않고도 현재 교사만으로도 운영이 가능하다. 특히 교육자원이 부족한 지방에서 높은 만족도를 제공할 것이다. 이런 활동들이 현재 차별화된 교육기능을 갖지 못하는 초등, 중등학교 및 지역아동센터 등에게 교육의 독창적인 결과를 보여줄 것이다.

사람은 성장하면서 5번 성향이 바뀐다. 아동기, 청소년기, 청년기, 성년기, 노년기가 그것이다. 한사람의 성격도 최소 5번의 자기체크를 통해 준비해야만 행복한 삶을 준비할 수 있고 관계성에서 겪게 되는 많은 갈등을 최소화 할 수 있다.

특히 아동기에서 청소년기로 넘어오는 시기에 질풍노도(疾風怒濤)의 불안한 자아정체성을 갖고 있는 이들의 발달단계에는 관계성을 견고하게 해주는 사회화학습이 큰 비중을 차지한다.

청소년시기에 독서를 통해 깊은 사고를 경험하고 내용과 글의 본질을 그려내는 경험이 반복된다면 그렇지 않은 친구들과는 어떠한 차이가 날까?

어떤 것이 문제이고 어떤 것에 집중을 해서 역량을 높여야 할까?
책만 많이 읽는 다고 그것이 해결될까?

창의성과 인문학을 한 번에 경험하면 어떤 기본적인 것들이 견고해지는지 살펴보자. 그러면 그렇지 못한 아이들에게 무엇이 갈등이고 어떤 역량이 필요한지 해답을 줄 수 있다.

첫째, 자아인식능력의 차이가 생긴다.

평소에 자신을 소중한 사람으로 여기는 인식이 부족한 아이들은 창의적인 독서를 하지 못한 아이들이다. 어떤 새로운 일을 하기 전에 늘 그것을 잘 할 수 없을 것이라 생각한다. 하기도 전에 떨어져 있는 자신감은 그 일에 직면하였을 때 더 낮은 결과를 가져온다. 일에 대한 실패와 만족도가 떨어지는 경험은 자신이 정말 이 세상에 가치 있는 사람인가 혹은 쓸모없는 사람인가에 대한 질문을 하게 된다. 어떤 일이든 자신이 중심이 되지 않으면 그 가치를 느끼지 못하고 작은 일에 소홀히 대하는 마음을 갖게 된다.

일상에서 일어나는 작은 일들에 소홀해진 마음은 삶에 대한 만족감을 떨어뜨린다. 청소년기에 큰 부분을 차지하는 학교생활과 교우생활의 만족감을 느끼지 못하고 성장한다는 것은 참으로 슬픈 일이다. 관계성이 좋지 않은 아이들은 늘 혼자이거나 그래서 외롭다는 생각을 많이 하게 된다.

둘째, 갈등조절능력에서 차이가 생긴다.

누구나 살면서 갈등이 생기는 문제를 피할 수는 없다. 그러나 그것을 침착하게 직면하는 청소년들이 있는가 하면 쉽게 당황하여 아무런 해결방법을 찾지 못하는 청소년도 있다.
잘 회피하지도 못하면서 두려워하고 부담만 갖고 있는 것이다. 이런 갈등들은 친구들과의 관계성에서 가장 많이 일어난다. 친구들의 의견이 나와 다르면 그 사람을 의식하여 신경이 예민해지고 결국에는 그 모임(동아리)에서 이탈하는 결정을 내리게 된다.

갈등조절능력이 떨어지면 또래친구나 부모와 의견대립에 직면했을 때 그것을 쉽게 해결하지 못하는 차이를 보게 된다. 오히려 가까운 친구나 가족에게 자신의 갈등을 공격적으로 표현하는 행동을 보이며 큰 상처를 주고받게 되는 경우를 본다. 이런 경험을 반복하게 되면 아예 갈등이 예상되는 상황을 발견하면 근처에 가지 않고 회피하는 결정을 내린다.

그러나 내 마음속 문제는 회피한다고 없어진 것은 아니며 언젠가는 다시 또 다른 상황으로 직면하게 된다는 것을 알아야 한다.

간혹 머리가 좋은 친구들은 갈등이 발생하였을 때에 자기방어기제를 써서 넘기려는 청소년들이 있다. 상황을 합리화시키거나 혹은 자신의 행동에 이유를 만들어 부정하고 회피하는 방향성을 갖게 된다. 이런 방법들로 한번 넘긴 위기는 더욱 잘못된 신뢰를 갖게 하여 자신의 방어기제를 견고히 하는 데 독서의 효과성을 연결한다. 남과의 다툼에서 이기기 위해 책을 읽어서는 안 될 일이다.

창의적인 독서방법을 통해 조화로운 사고와 감정을 가진 청소년들은 적당한 긴장과 갈등을 즐기며 자신의 성취동기를 높이는 데 독서를 사용한다. 시간이 흐를수록 사람을 대하는 소통에서 큰 격차가 벌어질 것이다.

셋째로 문제해결능력의 차이가 생긴다.

청소년들은 해결해야할 문제가 발생하면 한가지의 답만을 찾으려 한다. 지금껏 우리교육이 그래왔고 또 그런 답을 통해 교사나 부모가 칭찬을 해왔기 때문이다. 한가지의 정확한 답은 다양한 아이들의 사고능력을 성장시키지 못하는 결과를 가져온다. 복잡한 문제나 상황이 생기면 부분보다는 전체를 보는 사고로 문제를 세분화시키지 못하고 한 개의 답으로 문제를 해결하려는 고정관념을 갖게 한다. 이것은 독서를 하면서 다양한 사로를 끄집어내는 훈련으로 해결해야한다. 새롭게 생성되는 시각(관점)의 차이는 문제해결의 큰 영향을 미치기 때문이다.

다가올 미래는 다양한 욕구와 문제들로 넘쳐날 것이다. 이것은 단순한 서비스와 사고를 갖고 해결될 일들이 점점 줄어든다는 것이다. 지금까지 문제해결방법으로 해왔던 일상의 익숙한 방법들이 아닌 변화된 사고의 관점을 갖고 문제에 직면해야 한다.

사람들은 어떤 문제를 해결하고 습득된 해결방법을 신뢰하며 오랫동안 사용한다. "3살 버릇이 80세까지 간다"라는 속담은 한번 몸에 익은 버릇은 좀처럼 변화시키기 어렵다는 인간행동의 패턴을 잘 설명해주고 있는 말이다. 그래서 몸에 익은 우리의 습관과 사고에는 늘 고정관념과 편견이라는 것에 휩싸여 바꾸지 못하는 어려움을 만든다.

현장에서 만난 청소년들은 대부분 자신의 문제와 진로에 대해 고민하고 해결방법도 잘 파악하고 있었다. 그러나 안타까운 것은 문제의 원인과 해결방식을 알면서도 그것을 실행(實行)에 옮기는 역량이 부족하여 좋은 결과를 얻지 못할 때가 많다는 것이다.

자신의 진로문제를 고민하다가 책속에서 찾은 교훈으로 방법을 찾고 인지한 것으로 문제가 해결되었다고 착각한다. 이것은 논어를 100번 읽었다고 자신이 공자가 되었다 생각하는 것과 크게 다르지 않다. 자신의 진로를 놓고 여러 해 고민하여 얻은 답을 실행에 옮기는데 주저하고 있는 것이다. 이는 더 많이 책을 읽지 않았다거나 혹은 더 좋은 책을 찾지 못하여 실패했다는 결론을 내려 다독(多讀)에만 힘쓰게 된다. 이것은 다독의 문제가 아니다. 인문고전의 논어 한권만 잘 읽어도 2천년전 치열하게 지혜를 말하던 옛 성현들의 사고를 우리는 배울 수 있다. 어떻게 읽을 것이냐와 무엇을 끄집어내서 어떤 소통을 현실에서 행(行)할 것이냐가 중요한 것이다.

넷째로 성취동기능력의 차이가 생긴다.

어떤 일이든 노력하면 이룰 수 있다고 느끼는 청소년과 그렇지 않다고 생각하는 청소년의 행동에는 차이가 발생한다. 그 차이는 어떤 일에 재미를 부여하고 호기심과 흥미를 유발시키는 사고가 있느냐로 나타난다. 이것은 평소 독서를 통해 평범한 문장의 내용이라도 그 뒷이야기를 통해 재미를 부여하고 관심을 갖게하는 스토리텔링과 관련 이미지를 만들면서 높아지는 역량이다. 이 역량이 어려운 일을 포기하지 않고 책임지는 집중력을 높여준다.

청소년시기에는 특히 어떤 일이건 그것이 나와 관련이 없다고 생각하면 집중력을 잃어버린다. 그러나 세상 모든 일들이 내 삶속에 관련이 있고 도움이 된다는 생각과 적극적인 행동이 필요한데 이것은 목표를 바라보는 유연한 시각과 사고에서 나온다.
자신의 마음속에 소통하고자하는 이유를 스토리텔링으로 만들어 눈에 보이는 시각적인 목표설정으로 아이들의 성취동기를 높여주는 것이 핵심포인트가 될 것이다.

마음속에 이루고 싶은 성취동기만큼 미래지향적인 것은 없다. 그러나 독서를 통해 다양한 방법으로 미래를 내다보고 추측하는 통찰력과 사고를 훈련하지 않았다면 현실에 얽매여 하루를 내다보는 것조차 힘들게 된다. 성취동기는 내가 이루고자하는 미래의 목표와 연관성이 깊고 내가 살고 있는 삶의 목표와도 연결되어 있다. 꿈꾸는 것을 실현해야할 청소년의 진로가 여기서 시작된다. 명확한 진로는 내가 무엇을 배워야하며 왜 공부를 해야 하는지 아는 것이다. 아이들은 지금의 공부가 미래에 도움을 줄 것이라는 확신이 중요하다. 그러면 공부에 우선순위도 스스로 정하며 지식습득의 속도를 갖게 된다. 시간을 짜임새 있게 쓰는 방법을 알기 때문이다. 그래서 창의적인 리더들은 미래에 먼저보고 앞서가게 되는 것이다.

다섯째로 대인관계능력의 차이이다.

문제청소년들과의 상담에서 이런 말을 듣는다.

누군가 한명이라도 자신의 이야기에 귀를 기울여주고 진심으로 지지해주었더라면
이런 일은 하지 않았을 것이다.

현대인들은 누구나 외롭다. 그런 외로움을 이겨내기 위해 대인관계를 갖는다. 가장 작은 단위는 가정이다. 그리고 회사 조직일 것이며 국가가 된다. 관계성은 어릴적 가정에서 습득되고 길러진다. 그러나 가족(가정)의 형태가 변화하고 역할이 약해진 요즘 관계성에 대한 학습을 부모에게서 배우지 못한 청소년들이 많다. 이것은 소외계층의 청소년 일수록 더 심하다.

가까운 친구나 동료와 대화할 때 진심으로 마음을 터놓고 대화해본 적이 있나요?
혹은 잘 모르는 사람에게 내가먼저 말을 건네는 편인가요? 아니면 상대방이 올 때까지 기다리는 성향인가요.

청소년들을 또래들과의 관계에서 지속적인 관계의 유지를 잘 하지 못하고 갈등을 겪고 관계성을 끊는 친구들을 본다. 혹은 깊은 관계를 갖지 못하는 경우도 많다. 오랫동안 관계를 형성하는 데 어려움을 겪는 청소년들이 주변에 의외로 많다.

이런 문제들은 왜 일어날까?
결국 상대방의 입장에서 생각해보고 공감해주는 관점으로 배려를 못하기 때문이다. 경청이라는 것도 대인관계능력에 중요한 부분이다. 창의독서토론에서는 상대의 이야기를 듣지 않으면 토론이 진행되지 않는 장점을 갖고 있다. 내가 주도하는 대화의 중심이 아니라 다른 사람의 의견을 잘 들어야하는 것이 중요하다. 그러나 모두가 알고 있는 이 사실을 잘 행하지 못한다. 그 이유가 무엇일까?

경청이 어려운 이유는 많다. 그중에 몇 가지 이야기해보면 이렇다.
첫째, 경청은 혼자 할 수 없다는 것이다. 글을 쓰거나 책을 읽거나 하는 것은 혼자 연습하고 훈련할 수 있지만 경청은 꼭 상대방이 있어야 훈련이 가능하다.

둘째, 말하는 것과 듣는 것이 반복될 때 사람은 상대방의 말을 듣고 생각을 먼저 한다는 것이다. 말보다 생각이 4배가 빠른 이유이기도 하다.
우리는 말을 듣고 생각의 속도를 늦춰서 생각의 행간을 맞추는 훈련을 해야 한다. 그렇지 않으면 말의 속도로는 생각을 절대 따라잡을 수 없기에 깊은 경청이 어려워진다.

마지막으로 상대방의 다양성을 존중하고 인정하지 않으면 바른 경청을 할 수 없다. 자신의 생각이 옳고 다른 사람의 의견은 중요하지 않다고 생각한다면 두 개의 귀로도 절대 상대방의 이야기가 들리지 않을 것이다.

마지막으로 리더십역량의 차이가 생긴다.

청소년이나 청년이나 리더십에 대한 학습은 개인의 노력에 책임성을 두고 있다. 학교에서 리더십을 가르쳐주지 않고 새로 들어간 직장에서도 신입들을 위해 리더십 교육을 따로 마련해주는 회사는 많지 않다. 이처럼 리더십은 학교밖 혹은 회사 밖의 교육프로그램을 챙겨서 들어야하는 노력을 수반한다. 그런 반면 어디서나 우리는 인재를 말할 때 리더십을 필요로 한다. 어딘가에서 리더십을 지속적으로 쉽게 배울 수 있는 곳이 있다면 얼마나 좋을까?

리더십이라면 사람들은 자기가 맡은 일에 끝까지 최선을 다하고 책임을 지는 것이라 말한다. 틀린 말은 아니다. 특히 교사는 리더십이 있어야 좋은 교사라 하겠다. 학부모들은 너무나 자주 교사가 바뀌는 학원을 깊게 신뢰하지 않는다. 실력과 가르침의 기술보다도 아이들을 끝까지 지켜내고 또 지켜봐주는 역량이 더 필요해 보이기는 이유이기도 하다.

결국 나 자신의 유익에 의해서 판단하고 행동하는 것 보다 타인의 의견을 따르고 좀 더 큰 뜻을 추구하고 배려하는 마음이 리더십의 근본이라 하겠다.

사람들은 대부분 어떤 일에 대가를 바라고 계산한다. 그것이 당연한 것일 수 있다. 그러나 종종 대가없이 남을 돕는 일에 즐거워하고 그것이 알려지는 것을 조심하는 사람들이 있다. 꼭 내일이 아니더라도 그것을 해결하기 위해 최선을 다하는 모습에서 리더십을 발견한다.

창의적인 독서토론은 혼자서하는 활동이 아니다. 소규모의 그룹을 구성하고 다양한 사고의 토론을 통해 재미있는 스토리텔링을 만든다. 스토리에 맞는 이미지나 영상을 만들려 한다면 그 속에 참여한 학생들에게 다양한 역할이 주어진다.

카메라를 맡은 친구, 조명을 잡고 있는 친구, 컴퓨터 편집을 좋아하는 친구, 감독처럼 "큐"를 외치는 친구, 글을 쓰는 친구, 캐럭터를 움직이는 친구 등이 역할이다.

역할 놀이에 참여하는 아이들은 자신의 책임감 역량을 높이며 과정속에서 스스로 해야 할 일들을 찾고 참여한다. 상대방의 역할을 관찰하게 된다. 이런 과정을 반복하면서 독서를 하고 소그룹 활동을 경험한 청소년은 상황속에서 역할을 지도하는 리더가 된다.

어떤 모임이던 자신의 존재감은 역할에서 온다. 그런 형태의 경험을 책으로 다양하게 반복한 아이들만이 특별한 상황에서 창의적인 역할을 찾는다. 참여구성원들의 의견을 조율하고 특징을 만들어내는 일을 담당한다. 그것으로 갈등을 키우고 구성원과 싸우거나 일을 그르치는 행동은 하지 않는 다. 이미 소규모그룹 활동을 통해 다양한 결과를 경험해본 친구들은 그 결과를 예측하고 만들어졌을 때의 기쁨을 알기 때문에 참고 견딘다. 처음과 끝을 보는 관점도 생기게 되는 것이다. 그것이 통찰력이고 추진력이다. 이 두가지는 일반적인 독서로 글을 읽을 때에 습득하기 어려운 역량이다.

4.Confidence 머리,믿음
왜곡되지 않게 보는 믿음의 확신
1.Face 눈,직면
무엇에 직면했는지 냄새맡기
2.Question 귀,
정확하지 않은 의심 질문하기~
3.Discord 코, 갈등
내 감정은 어디로 갈 것인가?
Sense & directional nature
8.Understand 입,소통
상대방의 입장에서 듣고 이해하면
소통짱! [Attention & listen]
6.Sophist 지혜,마음
유머감각 & 스토리텔링
오늘날 철학핵심은 즐거운 웃음
Sophist
지혜
5.Target 성취,
목표의 명확성 & 결과를 만들기
7.Harmony 손,융합
오른*왼손을 어떻게 일치시킬까?
[조화*균형*조절*냉정]

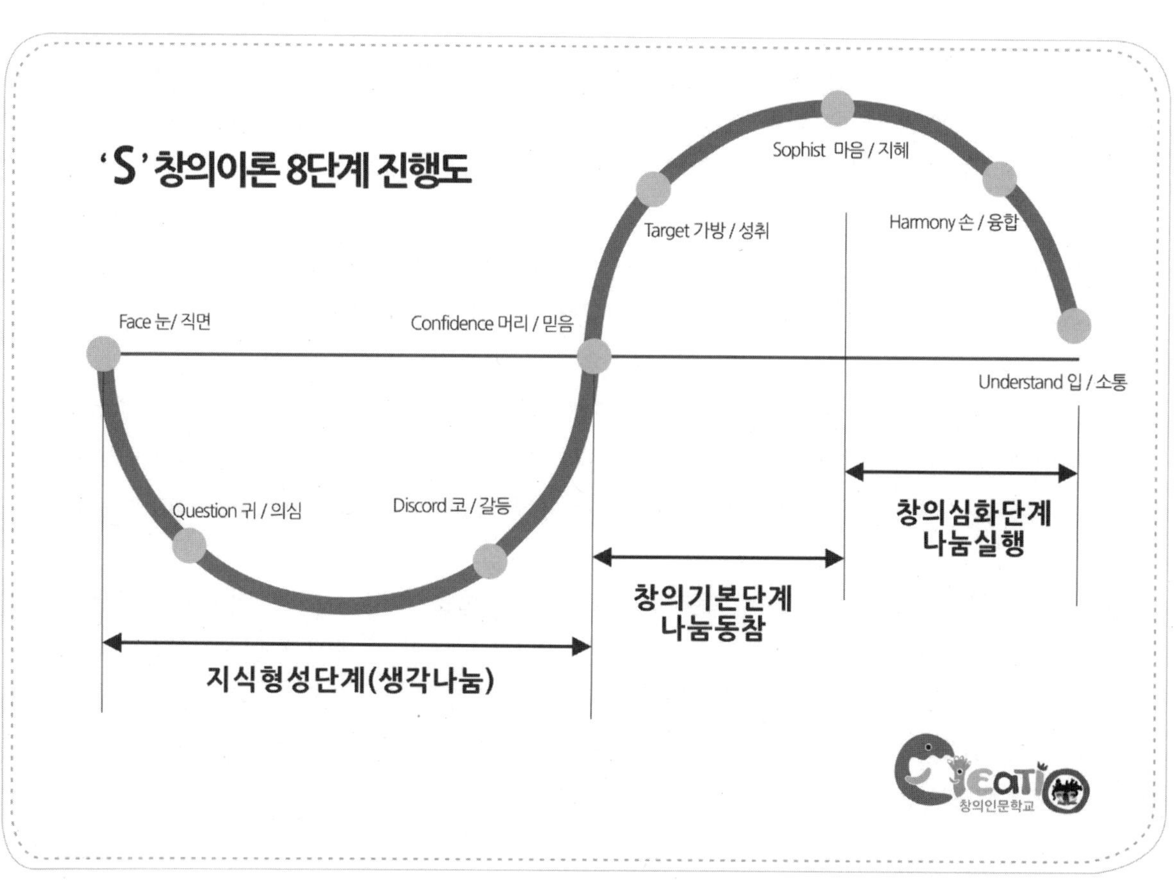
'S' 창의이론 8단계 진행도
Sophist 마음 / 지혜
Target 가방 / 성취
Harmony 손 / 융합
Face 눈/ 직면
Confidence 머리 / 믿음
Understand 입 / 소통
Question 귀 / 의심
Discord 코 / 갈등
창의심화단계
나눔실행
창의기본단계
나눔동참
지식형성단계(생각나눔)
창의인문학교

1. Face : 무엇에 직면했는지 바라보기

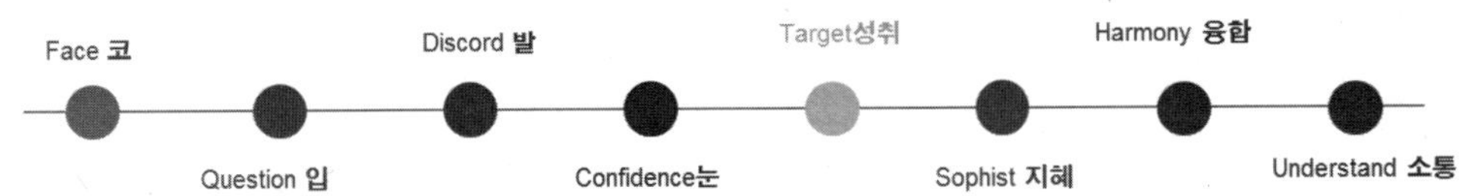

범주 - 일상의 고정관념
속성 - 문제를 정확히 보지 않기에 접점을 찾지 못하고 회피하는 사고
규칙 - 왜곡된 관점과 행동으로 소통의 갈등이 증폭, 네트워크나 소속의 참여거부

인간은 누구나 자신만의 틀(frame)을 만들고 통제하면 살아간다. 그래서 편안한 자기의 틀들이 있다. 종종 그것이 우리를 가두는 고정관념이 된다. 어떤 사람은 그것이 자신의 스타일이라 말하며 잘 성장시키려고 노력한다.

그렇게 고정화되어버린 우리의 생각들이 사회가 변화하면서 혹은 시간이 흐르면서 잘 맞지 않게 되는 때가 온다. 특히 아이들을 가르치는 교사들에게는 교육법이 그렇다.

성장기 청소년기에 갖게되는 관심들은 여러 가지가 있다. 그것들 중에 한가지의 틀(frame)안에 갇혀 버리면 잘못된 방향점을 갖게된다. 급격하게 변화하는 신체에 대한 관심은 그중에 가장 크다 하겠다. 이 시기에 신체에 대한 왜곡된 인식은 성장하는 청소년들의 마음을 상하게 한다.

일상의 많은 문제들을 정확히 보지 못하기에 그 해결방법을 찾지 못하고 회피하는 소통을 하게 된다. 일상을 정확하게 보지 않는 다는 것은 무엇인가? 당면한 문제에 직면하지 않는 다는 것이다. 어려운 인문고전을 읽으려 마음을 먹었을 때 교사와 아이들은 그동안 갖지 않았던 상황에 직면하게 된다. 창의성과 인문고전을 융합하는 독서모임에는 1단계인 탐색단계에 많은 문제와 갈등이 다양하게 표출된다.

크레아티오의 창의인문고전 독서모임에는 청소년들과 교사들이 참여한다. 교사들의 모임에서도 같은 현상이 일어난다. 평소에 익숙하지 않았던 글을 읽어야 하고 생각을 끄집어내서 이야기해야 한다. 어려운 인문고전을 읽는 것도 쉽지 않은 데 독서 후에 내용을 정리해 토론해야할 생각까지 하면 자신감은 급격하게 떨어진다.

그러나 더 중요한 것은 무엇에 직면했는지 조차 모르고 책을 읽는 회원들이 더 많다는 것이다. 자신의 직면이 무엇인지 인지하는 것만으로도 문제해결에 큰 도움이 된다.

[창의이론S]에서의 첫 시작은 다양한 직면에서 시작한다. 새로운 모임에 잘 참여해야하고 익숙하지 않은 인문고전을 읽어야하고 모임속에서 자신의 역할을 잘 인지하여 커뮤니케이션의 기능이 떨어지지 않게 해야 한다.

직면의 학습이 익숙하지 않으면 성장을 제대로 할 수 없으며 책에서 접하는 내용자체가 왜곡된 인식으로 발전한다. 잘못된 인식을 기반으로 진행되는 토론은 창의적일 수 없으며 참여 학생들과의 갈등관계를 형성하게 된다. 결국 오래지않아 그 모임에서 소속에 대한 참여를 거부하는 회원이 늘어나기 시작한다.

일반적인 독서를 통해서 일어나는 직면은 책의 내용에 대부분이다. 그러나 창의인문독서를 하게 되면 생각의 매체를 다양하게 바꾸는 과정속에서 무엇에 직면했는지에 대한 탐색을 저절로 하게 된다. 4단계의 패턴으로 진행되는 인문독서는 여러측면에서 다양하게 자기를 볼 수 있는 독서기술들이 있기 때문이다.

여러 매체를 통해 자신을 바라보는 직면은 문제를 정확히 보는 접점을 제공한다. 상황과 문제를 정확하게 보면 사람들은 그것을 회피하지 않고 해결하려는 행동을 하게 된다. 그런 행동을 한다는 것은 이미 그 갈등과 문제를 넘어선 성장이 시작됐다는 것을 의미한다.

내 커뮤니케이션 스타일.....?
무엇에 직면했는지 바라보기

2. Question : 불확실, 의심을 질문하기

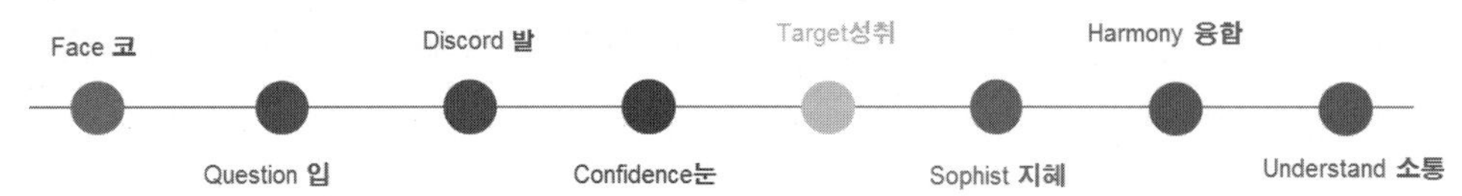

범주 - 경청하지 못하는 의사소통, 정보의 원활한 소통장애
속성 - 신뢰하지 못하는 소통의 마음, 정신, 지성
규칙 - 한방향의 정보습득 & 의사소통단절 & 소속이탈

궁금한 것이 있으면 묻는 것은 당연한 반응이다. 그러나 우리 청소년들이 물어야할 여러 상황에서 질문을 하고 있지 않다. 여러 가지 이유가 있을 것이다.
늘 한가지의 정답만을 찾고 외워온 우리 청소년들은 질문을 하는 것도 답변을 하는 것도 정답을 찾기 때문이 아닌가 쉽다. 조금은 엉뚱한 질문을 하면 오해를 받는다는 생각도 크다.

엉뚱한 질문으로 세상의 혁신적인 발견과 변명들을 한 사람들이 얼마나 많은가? 큰 혁신이 아니더라도 일상에 작은 일들 속에 불확실한 것들에 대해 의심을 갖고 물어야 하는 학습이 되야할 것이다.

인문고전은 그 자체가 이미 옛성현들의 생각을 써놓은 글이기에 읽으면서 많은 생각을 떠오르게 하는 장점을 갖고 있다. 현대에 살고있는 청소년들이 성인(聖人)의 생각을 느껴보고 짐작해보는 경험을 갖는 것만으로도 큰 의미와 사고의 성장이 있다.

어떤 불확실성에 우리는 질문을 가져야하고 누구에게 물어야 할까?
4대 성인(聖人) 중에 한사람인 공자는 학문을 닦으면서 수많은 제자들의 물음에 좋은 답을 했다는 것은 누구나 알고 있다. 한번의 답으로 3가지의 깨우침을 주었다는 답이 궁금하다. 서양의 철학의 아버지인 소크라테스는 고대철학과 현대철학을 나누는 중심인물이다. 그의 유명한 질문법(산파법)의 핵심은 절대 답을 이야기하지 않고 상대방의 물음을 알도록 한다는 것이다.

청소년들과 창의수업을 하다보면 가끔 아이들은 많은 질문을 한다. 바로 정답을 알려주기보다 다시 물어보는 방법을 택하고 한결 문답의 의사소통이 좋아진 것을 발견한다.
공자나 아리스토텔레스, 혹은 소크라테스도 제자들에게 답을 말해주는 스승이 아니었다. 우리일상에는 독서를 통해 생겨난 아이들의 궁금증에 대해 생각할 시간을 주지 않고 바로 답을 말해주는 교사가 더 많은 것 같아 안타깝다. 학생은 교사의 말을 잘 듣고 명확하지 않은 것은 물을 수 있는 습관이 서로에게 신뢰를 주는 관계성임을 알아야 할 것이다.

크레아티오의 창의인문독에는 질문을 통해 다음순서로 넘어가는 구조를 갖고 있다. 서로에게 질문을 하지 않으면 다음으로 넘어갈 수 없고 생각하여 답을 찾아내지 못하면 진행이 어려운 교육시스템을 갖고 있다. 아이들은 이것을 즐기며 집중하지만 교사과정의 어른 수업에서는 이점을 답답해하여 답을 말해주기 요청한다. 미래의 좋은 교사는 이제 누군가가 물어본 질문에 답을 말해주기 기다리기보다 자신만의 답을 찾고 다시 묻는 것에 집중해야 한다. 이것이 한 방향으로만 정보를 습득하고 의사소통을 해온 우리의 교육의 한계임을 인정해야 한다.

그러나 창의인문독서는 다양한 방향으로 정보를 습득하고 생각을 할 수 있는 4단계의 독서법으로써 창의 사고력의 유연성을 가져다준다. 독창성과 유창성은 덤으로 오는 것이다.

100명의 아이들 마음속에는 100개의 다른 생각이 있다. 만약 같은 생각을 가진 아이들이 있다면 그것은 참으로 신기한 일이라 할 수 있다. 쌍둥이도 생각이 다르기 때문이다. 그런데 초등학교 교실에 가보면 똑같은 창의미술 작품들이 전시되어 있고 이름만 다른 것을 자주 본다. 참으로 신기한 일이다.

창의인문독서를 통해 아이들은 호기심을 유발시키고 불확실한 것을 발견하면 묻게 잘 듣게하라~

3. Discord : 내 감정은 어디로 갈 것인가?

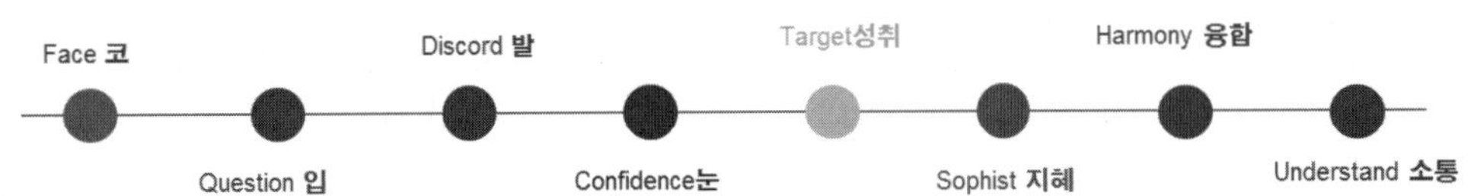

범주 - 문제해결, 문제를 바라보는 자기중심적이며 왜곡된 시각
속성 - 기존의 정보와 지식의 간격, 사실의 인지
규칙 - 창의적인 대안을 제시하지 못하는 관점과 사고, 행동유발

창의인문독서교육을 시작하면 익숙하지 않는 독서습관에 대해 직면이 시작되면서 집중하기 시작한다. 이후에 불확실한 지식과 정보에 대한 것들을 스스로 묻기 시작하는 단계에 접어든다. 그런 질문들이 어느 정도 정리가 되면 그때부터 기존의 고정관념과 갈등이 시작된다.

그동안 알고 있었던 지식들에 대해 의심을 갖게 되면서 깊이있는 사고와 독서를 하고 토론을 하게 된다. 그동안 보이지 않던 독서의 시각들을 갖게 되며 이제는 책의 내용을 왜곡되게 보지 않고 진실의 본질을 깨닫고 바로 보게되는 경험을 하게된다.

학교에서 그렇게 오랫동안 배웠고 혹은 수많은 책에서 알아온 지식들이 내 삶에서 어떤 변화를 일으키고 어떤 도움을 주었는지 그 근본적인 이유를 묻는 질문 속에 이제 어떤 방향성을 갖고 나가야하는지의 갈등이 시작된다. 먼저 내 마음의 감정이 어디로 가는가를 잘 다스려야 한다. 지금까지 늘 명령을 받고 지시받은 데로만 해오던 기계식 독서와 교육들이 바뀌려할 때, 아이들과 교사의 감정은 어디로 갈 것인가에 대한 결정을 내려야 한다.

우리주변에는 창의적으로 책을 읽지 않는 사람이 더 많다. 때문에 학교에서 다른 의견을 가진 친구들과의 방법의 차이를 놓고 갈등을 겪는다. 독서방법에 대한 논쟁을 하기도 한다. 그러나 기존의 독서방법은 그동안 많이 하였지만 읽을수록 머리에 지식이 쌓이고 삶의 지혜가 넘쳐나서 삶의 본질적인 것들을 하나하나 정리해가는 시간들이 아니었음을 체크해야한다. 효과성이 없으면 아이들의 책 읽기는 곧 재미없는 활동을 독서량이 떨어지는 것을 보게 될 것이다.

강압적인 힘으로 아이들에게 독서를 하게 할 것인가! 기존의 방법을 고수할수록 자녀와의 갈등은 높아질 것이며 어떻게 해결할 것인가에 고민하게 된다. 어릴적부터 책읽는 습관이 습득된 아이들도 점점 커가면서 독서량을 유지하기가 어려운데 독서습관을 제대로 습득하지 못한 아이들은 미디어나 인터넷 게임 및 자극적인 영상물의 유혹에 독서량은 더욱 줄어들 것이다.

스마트폰으로 요즘 가정에서는 부모와 자녀 간에 대화가 줄어들고 책을 읽지 않는 문제로 많은 갈등을 겪고 있다.

어떻게 하면 아이에게 책을 읽힐 수 있을까요? 자녀를 가진 부모라면 한번쯤 생각해본 질문이다. 그래서 그런지 저희집 애들은 알아서 책을 잘 읽어요 하는 집은 그렇게 부러울 수가 없다. 알아서 잘 읽는 친구들에게도 한가지 체크는 부모가 해줘야 한다. 책속의 내용에만 집중하는지 아니면 책을 통해 틀밖에 다양한 사고와 연결하여 새로운 생각을 만들어내는지 말이다. 이것은 한권의 책을 읽어도 여러권의 책을 읽은 것과 같은 효과를 낼 수 있는 포인트이기 때문이다.

결국 책이라는 것은 그 작가의 신념체계를 써놓은 작품이기에 작가의 생각은 책으로 알면되는 것이고 그 이외에 정보는 책을 읽는 자신의 생각이 어떻게 다른지에 대한 기준을 만들고 연결시키는 과정이 더 중요한 것이다. 그것이 진정한 독서를 통해 지혜와 진리를 추구하는 세계로 들어서는 핵심이 되기 때문이다.

청소년들의 일반적인 독서는 글의 내용을 읽고 암기하거나 주입하는 독서방법으로 특별히 질문이나 호기심을 갖고 답을 찾으려는 경험을 하지 않는다. 이는 자신의 생각을 묻거나 표현하는데 자유롭지 못한 결과를 낳았고 질문을 해야하는 상황에서 질문을 하지 못하는 기자(2010년 G20에서 수고한 한국을 배려하여 기자들에게 질문권을 준 오바마대통령에게 질문을 하지 못한 상황, 결국 중국기자에게 양보)들을 키워냈다. 이제는 책을 읽는 것이 누군가에게 논쟁에서 논리성을 갖고 승리하기 위해 읽는 것이 아니라. 교사와 제자 부모와 자녀가 깊은 대화속에서 글이 주는 지식의 참 의미와 본질을 알고 궁금증을 풀어나가는 지행합일(知行合一)의 "독서교육"이 되었으면 하는 바람이다.

크레아티오 창의인문학교에는 색다른 생각을 가진 아이들이 종종 찾아온다. 언젠가 초등 4학년 학생이 4서3경을 읽고 틈만 나면 전집종류의 책을 읽는다는 아들을 둔 부모상담을 한 적이 있다. 결국 맞벌이 부모의 절대적인 보살핌 시간이 부족하여 대화없이 읽기만한 아이의 독서가 오히려 일상에서 왜곡된 행동을 뒷받침해주는 지식으로 활용되는 역기능을 코칭한 적이 있다.

이렇듯 아이들의 독서는 책속의 이야기와 일상의 생활간에 균형을 맞추고 공감을 해주는 과정이 반드시 필요한데. 그런 일상을 부모가 일일이 만들어준다는 것이 쉬운 일이 아니다.
그런 측면에서도 창의인문독서는 아이들에게 일상을 정리해주고 내가 어디로 갈 것인가에 대한 의지와 감정과 사고를 현실의 영상이미지로 보여주어 경험을 갖게 한다는 것이 강점이다.

4. Confidence : 왜곡되지 않게 머리로 보라!

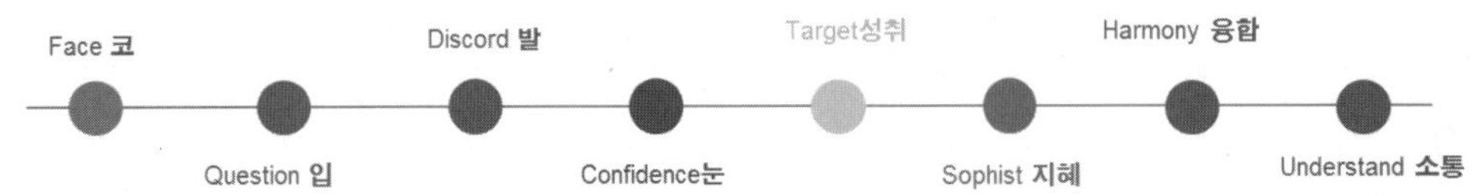

범주 - 리더십, 책속의 글, 조직의 동료, 학교의 친구, 일상의 상황
속성 - 소모임을 이끄는 긍정(공감)의 소통점
규칙 - 자신의 활동성을 극대화시키는 출발점

직면의 첫 단계에서 시작해서 의심과 갈등을 거처 이제 서서히 아이들에게 습득되는 지식과 지혜에 대한 믿음이 생성되는 단계로 나아간다.

아이들은 주변 사물을 인지할 때, 시각을 가장 크게 신뢰한다. 눈으로 보이는 것이 인간이 할 수 있는 가장 편하고 익숙한 방법이기 때문이다. 그러나 얼마나 많은 판단미스와 실수가 있는가!

눈으로 보여서 믿는 것들도 있지만 마음으로 믿어서 보이는 것이 많기에 오해와 실수들이 생긴다. 눈으로 보이지 않는 것은 비규칙 언어(사랑, 학, 효, 믿음 등)들은 주로 일상의 본질을 물어 이해할 수 있는 것이다.

책을 통해 작가가 전달하려고 하는 신념체계들은 대부분 삶의 깊은 생각을 통해 알아낼 수 있는 본질을 요구할 때가 많다. 특히 인문고전은 더 그렇다고 볼 수 있다.

사물을 인지하는 데 사람의 눈이 가장 편한 이유를 준다면 우리는 눈으로 보이는 사물들과 본질을 왜곡됨 없이 볼 수 있는 시각을 가져야 한다. 그것은 지속적인 훈련이 필요하다.

확신은 어디에서 오는가?
가끔 세계토픽에 보면 일상의 놀라운 결정과 행동으로 우리를 놀라게 하는 뉴스들이 있다. 예상을 뒤엎는 그들의 결정은 어떤 확신에서 올까? 우리에게 주어진 형태는 그 안에서 기능을 만들어 낸다. 그러나 가끔 이 형태를 놀랍게 변화시켜 기능을 주도하는 사람들이 있다. 탁월한 리더십을 보여주는 정치가 혹은 예술적인 아티스트나 혁신적인 기업가들이 그들이다.

확신은 자신의 내면에서부터 온다. 중용의 예기편에 인간의 본성은 작은 시작의 실천이 반복되면 몸에서 베어나온다고 했다. 이것이 공자가 말하는 인(仁)한 사람의 근본이다.

그래서 확신은 인간의 본성에서 출발한다. 관계속에서 순수한 마음으로 타인에게 보내는 사랑과 신뢰로 다져지는데 결국 자기 자신을 사랑하고 신뢰하는 것이 "확신"의 첫 시작이라 하겠다.

본성에 대한 이해를 기반으로 하게되는 독서는 많은 지식과 지혜의 확신을 주게 된다. 자신을 신뢰하고 사랑하게 되었다면 타인과 세상을 위해 본성을 흘려보내는 뜻을 품어야 한다. 이는 친구들과의 사사로운 이익이나 의무감에서 해야하는 일들로는 생성되지 않는다. 생존을 위한 일들보다는 생명을 위한 높을 가치를 추구할 때, 다져지며 세상과 타인을 이롭게하는 활동이 확신을 더욱 빛나게 한다.

첫째, 자신을 사랑하기
둘째, 자신을 신뢰하기
셋째, 자기생각에 자신감 갖기
넷째, 관계속에서 가치있는 것 찾기

창의인문독서를 통해 네가지 경험이 쌓이면 사람들은 삶과 죽음에서 어려운 상황이 오더라도 행복이라는 것을 찾는다. 살아가면서 사람들은 중요하면서도 깊게 생각하지 않는 것이 이 두가지이다. 그래서 삶과 죽음이 눈앞에 왔을 때 당황하고 극단적인 행동을 하게 된다. 18년동안 예일대에서 죽음의 강연을 하고 있는 셸리 케이건은 막연한 두려움보다는 죽음을 직면해서 준비하고 바라보면 행복한 고민이 시작된다고 말했다.

이런 일상의 중요한 단어들을 하나하나 독서를 통해 정리하고 준비된 교사들은 그렇지 않은 교사와 어떤 차이를 보일까? 사물의 본질을 알지 못하고 지식을 알려주는 교사는 백과사전처럼 감동이 없는 내용들을 쌓아가는 교육의 열매를 맺을 것이고 본질을 알고 가르치는 교사는 제자들과의 관계 속에서 사랑과 신뢰로 확신을 생성해가는 참교육을 만들어 낼 것이다.

5. Target : 무엇을 얻고자 하는가?

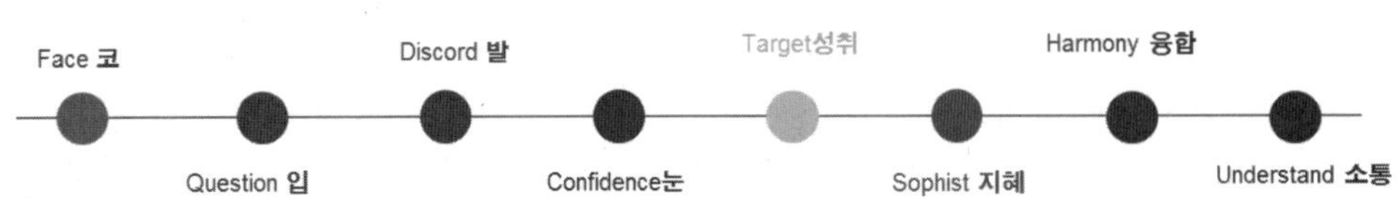

범주 - 방향성, 다양한 분야의 관점, 호기심 상승
속성 - 목표의 명확성, 결과물
규칙 - 목표에 대한 시간의 밀도상승, 생각과 행동으로 실행하는 경험

독서를 통해 사람들은 무엇을 얻고자 하는가?
좋은 책을 고르는 방법은 무엇인가?

위에 두가지 질문은 독서를 준비하는 학부모에게서 많이 듣는 질문이다. 1년에 수많은 작가들에 의해 10만부 이상의 신간들이 쏟아져 나온다. 이름한번 들어본 적 없는 작가들의 책도 있고 이름만 들어도 아는 작가들의 책도 있다. 그러나 나에게 필요한 책은 유명한 베스트셀러의 책만은 아닐 것이다.

이어령 교수는 좋은 책을 고르는 방법에 대해 여자친구를 만나는 것처럼 우연히 설레는 마음으로 만나는 책들이 나에게 가장 좋은 책인 것 같다고 하였다.

그러나 현실에서는 학년별로 읽어야하는 권장도서를 정해놓고 책을 읽는다.

하루에 1권씩 책을 읽는다 하여도 1년에 365권밖에 되지 않는다. 이것도 쉬운 일은 아니다. 그렇다면 무리해서 1천권을 읽는다 하여도 1년의 신간이 10만권이라면 1%밖에 되지 않는다.
과연 우리는 어떻게 책을 선택하고 읽어야할까? 고민이 남는다.

독서를 통해 사람들은 무엇을 얻고자 하는가?

대형서점에 사람이 많이 모이는 코너는 처세술이나 경영철학에 관한 책들이 놓인 곳이다. 청소년들은 당연히 국어, 영어, 수학 교재와 언어(영어)에 관련 코너이다. 다행이 초등학생들은 아직도 만화책 코너에 대한 미련을 갖고 서성거린다.

창의인문독서는 마음으로 성취하고 싶은 것이 있을 때 그것을 위해 간절히 기도하고 이뤄지는 상상을 하게한다. 그것이 현실로 나타난다고 믿게도 한다. 마음속으로 간절히 바란다는 것은 감정의 느낌이다. 그러나 현실에서의 성취는 감정을 배재한 결과로 평가된다.

우리는 삶을 살면서 어떤 성취를 꿈꾸어야하는가?
그 성취는 어디에서 찾아야하는가?
무엇이 그 성취를 가능하게 하는가?

크레아티오 창의인문독서는 커뮤니케이션을 변화시킨다. 원하는 것을 얻게하는 소통의 수위를 조절하고 간격을 조정해준다. 책속에 글이 의미하는 것들을 수많은 생각으로 끄집어내는 훈련이 이것을 가능하게 만든다. 관계성에서 원하는 것을 얻는 가장 좋은 방법은 상대방의 감정을 흔드는 것이다. 감정을 흔들기 위해서 할 수 있는 일들은 무엇인가?

첫째, 주변 또래친구들의 의견에 공감해주기
둘째, 청소년들의 사고와 감정과 의지를 인정해주기
셋째, 청소년에게 자율성을 부여하기

창의인문독서를 하다보면 아이들의 표현이 늘어난다. 그것을 공감해주어야 한다. 이후에 아이들의 사고와 감정과 의지를 인정하면 스스로 없던 표현과 사고들이 생성하기 시작한다. 이것은 교사나 부모가 인위적으로 만들어주는 독서방법이나 진로와는 다른 자율성이다.

크레아티오 창의인문독서는 책속에서 무엇을 찾으려하지 않는다. 아이들이 원하는 것도 책안에 있지 않다. 그들의 일상은 책 밖에 있기에 그것도 책 밖에 있는 것이다. 그러나 시작은 책속에서 해야한다.

책을 읽기전에
책 제목과 목차를 보고
책을 통해 얻고 싶은 정보를
마음속으로 그려보고 상상해본다.

6. Sophist : 나눔에 동참하는 창의적 실행~

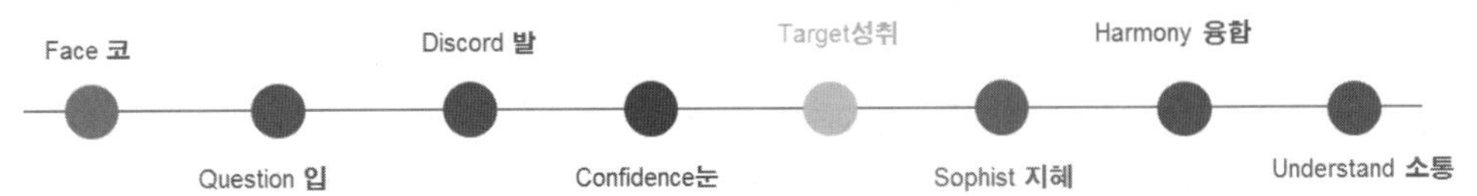

범주 - 스토리텔링 & 유머감각
속성 - 창의적이며 독창적 사고와 관계의 집중력이 상승
규칙 - 논리적인 사고를 조화롭게 통제하는 추상적 사고 추구

글속에서 그 가치의 핵심을 잘 찾아 표현하고 타인에게 설득하는 것이 자유로워지면 사람들은 대화속에서 지혜를 얻는다. 결국 어떠한 특별한 상황에서 자기만의 스토리텔링을 잘 만들어내느냐에 대한 여부가 지혜의 핵심이 된다.
예나 지금이나 여전히 사람들은 재미있는 것에 집중하고 관심을 갖는다. 힘든 상황에서도 웃음과 위트있는 한마디가 그것을 잊게하기 때문이다. 요즘 청소년들은 미디어와 영상에 노출되어 있다. 수많은 정보들 속에서 즐거움은 최우선으로 생각하는 환경에 처해있다.

지혜의 즐거움이란 어떤 요소들을 갖고 있는가?

첫째, 사람들은 즐거움을 어디에서 느끼는가?
둘째, 무엇 때문에 특별한 상황에서 집중하는가?
셋째, 호기심은 왜 갖게 되는가?

군자는 그의 말이 행동을 넘어서면 부끄러워하였다. 그래서 말에 대해서는 모자란 듯 하고 행동에 대해서는 민첩하라고 했다. [논어 헌문편]

소크라테스, 공자, 예수, 석가 4대 성현들은 늘 물었다. 지혜를 얻기 위해 치열하게 물어야함을 몸소 보여주었다. 물어서 제자들에게 지혜를 얻게하고 깨닫게 하는 가르침은 최고의 교육법이다. 8개 역량중에 지혜단계는 상대의 상황에 맞는 질문을 통해 소통하는 방법을 찾는 것이다.

7. Harmony : 통합적인 균형으로 나눔을 실행하라

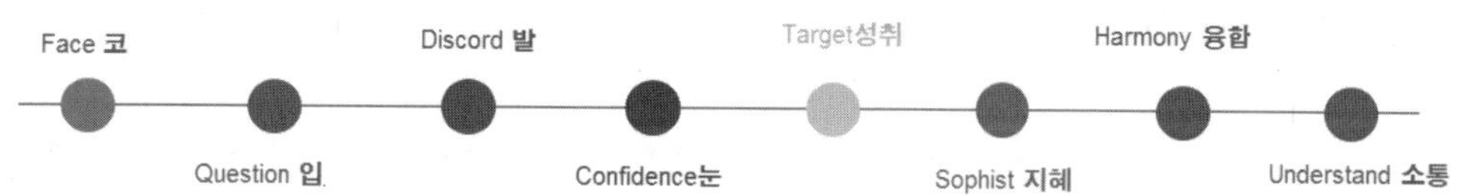

범주 - 다양한 관심, 일상의 관심을 통합시키는 관점의 사고과정
속성 - 다양한 사고들의 조합, 효과성 이해
규칙 - 한가지의 아이디어, 문제, 갈등에 대해 다양한 해결점을 갖는 사고, 행동

저소득가정의 아이들은 교육기회가 일반가정의 아이들보다 현저히 떨어진다. 특히 전문성과 지속성에서 차이가 난다. 아무리 좋은 교육도 단회성의 자극은 효과를 경험하기 어렵다. 또한 전문가가 참여한 수준높은 교육은 경제적인 부담이 따른다. 빈곤의 되물림을 끊어낼 수 있는 아이들의 성장은 기존방법으로 찾기 어렵다. 시간의 밀도를 당기고 판이 다른 교육을 제공해야 비로소 공정한 출발선으로 소통할 수 있는 것이다.

독서는 읽는 순간 일상에서 무엇을 해야 할지 염두하고 읽어야 사고가 열리고 집중력이 생긴다. 일상과 연결하지 않은 책의 독서는 통합적 사고를 주지 못하며 병렬적 사고를 갖게 한다. 이것이 사고의 관점이 틀 안에 가두는 결과를 가져오는 것이다.

크리에티오 창의인문학교 독서활동 40주 논어독서교육을 마치면 취약계층의 아동들에게 지식과 지혜를 나누는 독서나눔 교사활동에 참여하게 된다.
평소에 진행하는 독서모임에 정확한 목표가 있고 독서코칭과정이 현장에서 어떻게 적용되는지에 대한 구체적인 논의를 하게 된다. 그래서 이해도 빠르며 깊고 정확하다.

빈민가 아이들은 일반아이들보다 난독증(dyslexia), 학습장애, 행동장애(ADHD)를 많이 갖고 있다. 쉽게 독서에 집중하지 못하고 모임에서 자기방어를 한다. 그래서 일반 아이들과의 혼합수업은 초기단계에 세심한 배려를 해야한다.

책 읽는 것에 관심이 없고 독서수업에 따라가려하지 않기 때문에 평범한 독서방법으로는 책을 읽게 할 수 없다. 아마도 인문고전은 더 어려울 것이다. 이런 어려움으로 어쩌면 교사가 아이들보다 먼저 독서지도를 포기하는 일이 생길지도 모를 일이다.

한국은 동일한 직업과 성향을 가진 사람들끼리 모임을 자주 갖는다. 의사나 변호사에서 자전거를 타는 동아리 모임까지 다양하다. 그러나 자전거모임에 들어가려해도 마니아(mania)들이 자전거에 대해 하는 말을 거의 알아들을 수가 없다.
하물며 의사나 변호사모임은 어떻겠는가? 가끔 인문독서모임 회원들이 일상에서 만난 사람들과의 대화에서 인문고전(공자, 노자, 장자 등)에 사상이야기를 이해 못해 무시한다면 되겠는가? 자기중심성에서 벗어나 일반인들의 수위에 맞춰 대화하는 기술이 필요한 것이다.

같은 무리속에 같은 생각을 가진 사람들이 모여 있으면 다양한 해결점을 찾고 사고하는 데 어려움을 겪는다. 학생들은 학교에서 자기와 성격이 맞는 친구들을 사귀고 무리를 짓는다. 끼리끼리 모인다는 말이 여기서 나온 것이다. 직장에서도 MBTI 성격검사를 해보면 16가지의 유형중에 6개의 성향을 넘지 못한다. 직장내에서 아이디어회의를 하면 다양한 아이디어를 내기 어려운 환경이 이런 이유이다. 다양한 사고의 유형들이 모여 갈등과 문제를 해결하는 융합을 이뤄하는데 우리는 대하기 편안하고 생각이 같은 유형의 익숙한 사람들만을 고집하고 있다.

수학을 수학에만 쓰고 활용하는 일, 과학이론을 과학에만 쓸 줄 아는 학생들이 대부분이다. 그러나 우리 삶에 조화를 이루는 원리가 수학 혹은 과학에 숨겨져 있으며 이것이 어려운 인문학을 이해하는데 큰 도움을 준다는 사실을 알아야한다. 많은 사람들의 다양한 장점을 소통하고 받아들이지 않는다면 자기성장에도 한계가 있을 것이다.

어린시기에 자기중심성에서 벗어나는 일은 참으로 어렵다. 아동이나 청소년 일수록 자기주장이 강하기 때문이다. 이 시기에 독서를 통해 균형을 잡아주지 않으면 오랫동안 타인의 말을 들어주는 배려를 훈련해야하는 고통이 따른다. 어쩌면 습득을 못할 수도 있다.

창의인문독서는 자기중심성을 가진 아이들의 배려심을 향상시킨다.
창의인문독서는 조화로운 사고와 감정과 의지로 통찰력을 경험한다.
창의인문독서는 소통이 어렵던 또래들의 마음을 열어 소통의 인재로 만든다.
창의인문독서는 학습장애를 가진 아이들의 다른 강점을 찾아 성장시킨다.
창의인문독서는 어떤 일에도 희망을 찾고 역할에 가치를 발견하게 해준다.
창의인문독서는 수학과 과학과 독서를 일상으로 융합하는 사고를 만들어 준다.

8. Understand : 아이들의 수준으로 소통하기

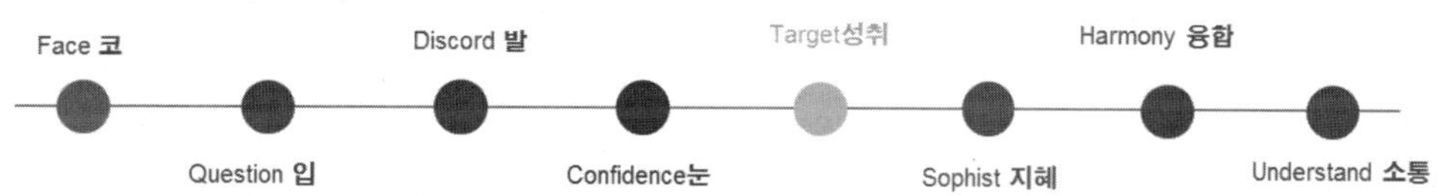

범주 - 겸손한 수준으로 지혜와 지식을 흘려보내는 유연한 사고
속성 - 왜곡됨이 없는 창의적 관점의 사고
규칙 - 일상의 모든 관계성에 수위를 조절하고 효과성에 집중

선한 사람을 내가 만나볼 수 없다면 한결같은 사람이라도 만나볼 수 있으면 좋겠다. 있는 척하면서 비어있고 가득 찬척하며 곤궁하고 부유한 척하는 세상이니 한결같은 마음을 지니고 살기에도 어려운 세상이다. [논어 술이편]

창의인문독서의 마지막 단계는 소통단계이다. 사람은 누구나 자신의 관심분야에서 오랫동안 노력하면 전문가가 된다. 달인이 되는 것이다. 자신의 지식과 지혜를 과시하고 싶어 하기도 하고 쉬운 말을 어렵게 하려한다. 특히 전문분야의 모임이나 강연에 가면 알아듣지 못하는 말들이 많다. 새롭게 만나는 곳에서 어떻게 소통해야하는가를 고민해야한다. 상대방의 감정과 말의 뜻을 이해하지 못하면 소통의 균형을 찾기란 쉽지 않다. 그래서 평소에 관련분야의 지식과 지혜의 소통을 어떻게 조절할 것인가를 고민하고 정리해야한다. 누구나 알아들 수 있는 말로 소통해야한다. 자기만의 높은 수준으로 소통하려한다면 주변에 남는 사람이 없게 된다.
소통단계에서의 핵심은 첫째, 이해하기이다. 상대의 상황을 이해하고 맞게 소통하는 것이 중요하다. 둘째는 경청이다. 잘 이해하려면 잘 들어야한다. 잘 듣지 않고 상대를 배려해 말하기란 쉽지 않다. 말을 잘하는 사람은 결국 상대의 말을 잘 듣고 그 특별한 상황을 파악하여 위트있게 말하는 사람이다. 셋째, 집중이 필요하다. 소통 중에 집중력을 잃으면 상대는 금방 안다. 창의인문독서교육은 평소에 깊이있는 사고와 본질에 대한 정리를 하게 해준다. 그런 정리는 소통속에서 깊은 집중력을 갖게 한다. 깊은 집중력은 소통을 즐겁게 만들다.

크레아티오[CREATIO] 창의인문독서방법

- 1팀에 10명내외로 구성하면 제일 좋다.
- 논어는 20장으로 구성되어 있다. 학생 1명이 4주간 2장씩 리딩한다.
- 1개월 후 1장~2장을 읽은 학생은 3장~4장을 읽으며 전체적으로 2장씩 밀려난다.
- 19장~20장을 읽은 학생은 다시 1장~2장으로 돌아오면 된다.
- 논어의 10가지 핵심단어를 4단계 독서교육 패턴으로 읽으며 10번 반복한다.

창의인문독서 단계별 목표

1단계 : 주제독서코칭

- 핵심주제어와 관련된 논어의 문장을 찾아 읽고 쓰고 외울 수 있다.
- 주제어가 어떤 의미를 갖고 있는 지 설명할 수 있다.

2단계 : 융합독서코칭

- 이솝우화를 읽고 이야기에서 주는 교훈이 말할 수 있다.
- 1단계의 주제와 융합하여 토론할 수 있다.

3단계 : 소통독서코칭

- 이달의 논어주제에 대해 정리한다.
- 이솝우화의 이야기에서 주는 교훈을 정리한다.
- 두 개의 주제를 융합하여 6하 원칙으로 자신의 글을 쓸 수 있다.
- 자신의 글에 제목을 붙인다.

4단계 : 창의이미지 독서코칭

-6하 원칙으로 쓴 자신의 글을 그림으로 그릴 수 있다.
-직선이나 곡선을 사용하여 글씨(學, 孝, 仁)의 표현할 수 있다.
-글씨를 가운데 놓고 그 주변을 꾸미는 그림을 그릴 수 있다.
-작품에 제목을 붙일 수 있다.

크레아티오 논어주제 & 창의단계 연결

단계	단계 구분	주제	주차
①단계	지식 형성 단계	신(信)	1~4주차
②단계		예(禮)	5~8주차
③단계		인(仁)	9~12주차
④단계		효(孝)	13~16주차
⑤단계	창의 기본 단계	학(學)	17~20주차
⑥단계		지(知)	21~24주차
⑦단계		서(恕)	25~28주차
⑧단계	창의 심화 단계	행(行)	29~32주차
⑨단계		충(忠)	33~36주차
⑩단계		군자(君子)	37~40주차

'S' 창의이론 8단계 진행도

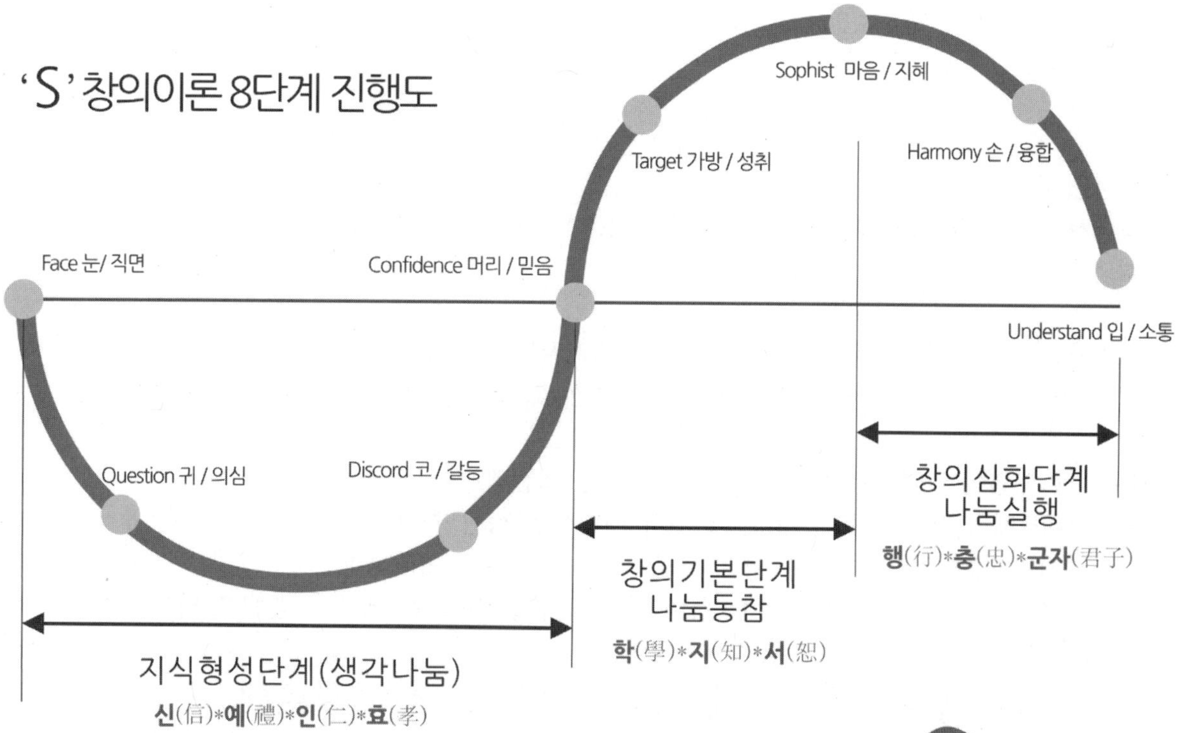

Face 눈/ 직면
Question 귀 / 의심
Discord 코 / 갈등
Confidence 머리 / 믿음
Target 가방 / 성취
Sophist 마음 / 지혜
Harmony 손 / 융합
Understand 입 / 소통

지식형성단계(생각나눔)
신(信)***예**(禮)***인**(仁)***효**(孝)

창의기본단계
나눔동참
학(學)***지**(知)***서**(恕)

창의심화단계
나눔실행
행(行)***충**(忠)***군자**(君子)

CreaTio 창의인문학교

신(信)

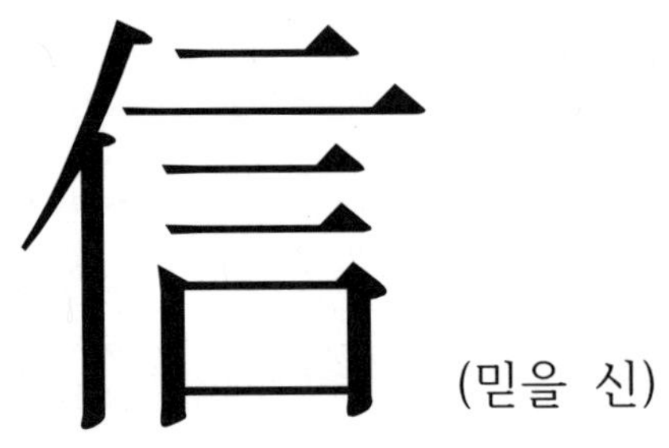
(믿을 신)

진실하며 거짓이 없는 것.
유교에서는 오상(五常), 즉 인(仁)·의(義)·예(禮)·지(智)·신(信) 중의 한 가지 덕목으로,
우정이 두텁고 친구를 속이지 않는 것을 말한다.

불교에서는 산스크리트 슈라다(Śraddhā) 또는 프라사다(Prasāda)의 역어이다.
부처의 가르침을 믿음으로써 마음이 맑고 깨끗하게 되는 것을 가리킨다.

신은 원래 타인에게 거짓말을 하지 않는 외면적인 일인데,
《논어(論語)》에 와서는 이것이 충(忠)이 되어 내면적인 성심의 자각이 되었다.
인간으로서의 내적 양심이라고도 할 수 있는 성실한 마음을 의미하며,
그에 의하여 거짓없이 언행(言行)하는 것이 신이다. 일반적으로는 널리 진심의 의미로 쓰인다.

**창의지식을 형성하여 관계성을 맺어가는 첫단계로써
자신과 상대와 세상을 향한 믿음을 주는 것이
창의적인 생각을 나누는 출발이다.**

신(信)

크레아티오 창의인문학교
논어 01주차 주제독서코칭

[논어 주제 문장]

子曰 자왈 공자께서 말씀하셨다.
人而無信 不知其可也 인이무신 부지기가야
"사람에게 신의가 없으면, 그 쓸모를 알 수가 없다.

大車無輗 小車無軏 대거무예 소거무월
만일 큰 수레에 소의 멍에를 맬 데가 없고,
작은 수레에 말의 멍에를 걸 데가 없으면

其何以行之哉 기하이행지재
어떻게 그것을 끌고 갈 수 있겠느냐?"

子曰 자왈 공자께서 말씀하셨다.
苟有用我者 구유용아자 / "진실로 나를 써 주는 사람이 있다면
朞月而已可也 기월이이가야
일 년만에라도 어느 정도 기강은 잡을 것이고,
三年有成 삼년유성 / 삼 년이면 뭔가를 이루어 낼 것이다."

[선생님과 함께 해요]

주제독서코칭 목표
1단계 : 소리내어 읽어보고, 필사하고, 외워본다.
2단계 : 논어주제에 대해 내 생각을 이야기할 수 있다.

1)논어의 각 장에서 신(信)과 관련된 문장을 찾아봅니다.
2)찾은 문장을 돌아가며 소리내어 읽어봅니다.
3)선택한 주제문장을 필사해봅니다.
4)필사한 문장을 외워봅니다.
5)토론내용의 결론을 한 문장으로 적어봅니다.
6)진행교사는 되도록 말을 줄이며 참여학생 및 독서회원들의 의견을 듣도록 합니다. (리더/학생 언급 : 1대3의 비율)
7)충고하거나 지적하는 일이 없도록 합니다.
8)충분한 토론이 끝나면 일상에 적용하기 3단계 내용을 간단한 단어나 문장으로 적고 수업을 정리합니다.

Teacher Tip
-주제문장은 제시를 해주어도 좋고 아이들이 찾아와도 좋습니다.
-문장을 찾아오지 않은 학생들을 위해 교사는 학과 관련된 샘플문장을 5문장 정도 준비하면 좋습니다.
-질문으로 답을 찾게 해주세요.

[일상에 적용하기]

수업을 통해 느낀 것

일상에서 실천할 일

내 꿈과 연결시키기!

Creatio 창의인문학교

[이솝우화 주제 문장]

융합코칭 #09 당나귀와 강아지 또는 개와 주인

어떤 사람이 말타견과 당나귀를 길렀는데,
그는 언제나 개하고만 놀았다.

그리고 외식을 하면 맛있는 것을 남겨와서
꼬리를 흔들며 다가오는 개에게 던져주곤 했다.

당나귀는 샘이 나서 주인에게 달려가 껑충껑충 뛰다가
그만 발로 주인을 찼다.

그러자 주인이 화가나서 당나귀를 매질하며 끌고 가
구유에 묶어두게 했다.

[선생님과 함께 해요!]

융합독서코칭 목표
1단계 : 우화가 주는 교훈을 이야기할 수 있다.
2단계 : 우화와 논어주제의 융합문장을 만들 수 있다.

1)이솝우화를 함께 읽어봅니다.
2)어떤 교훈을 주는 내용인지 이야기합니다.
3)우화의 본질단어에 대해 이야기합니다.
4)우화교훈과 논어주제문장과의 관계를 이야기합니다.
5)토론이 정리되면 오른쪽 3단계의 내용을 단어나 문장으로 적고 이야기해 봅니다.

Teacher Tip

-다양한 아이들의 생각을 인정 및 지지합니다.
-우화의 인물중심으로 관계성을 묻습니다.
-우화에서 찾아낸 본질단어를 깊게 토론합니다.
-논어의 주제문장과 융합하여 생각해보는 것이 중요합니다.

[일상에 적용하기]

수업을 통해 느낀 것

일상에서 실천할 일

내 꿈과 연결시키기!

신(信)

* 본질단어 : 욕심, 관계
* 말타견 : 초소형 애완견

신(信) 컬럼쓰기

[재미있는 글짓기-컬럼쓰기]

논어주제문장의 핵심단어 찾아주기
1)
2)
3)
4)

이솝우화의 주요핵심단어 체크해주기
1)
2)
3)
4)

* 이미지맵으로 그려주어도 좋습니다.
* 핵심단어를 활용한 6하 원칙 글쓰기^^

[일상과 소통하기]

수업을 통해 느낀 것

일상에서 실천할 일

내 꿈과 연결시키기!

[선생님과 함께 해요!]

소통독서코칭 목표

1단계 : 논어와 우화로 6하 원칙의 내 글을 쓸 수 있다.
2단계 : 글을 쓰고 난 후 글의 제목을 만들 수 있다.

1)글쓰기가 익숙하지 않은 학생에게는 생각을 끄집어내주는 자극을 주어야 합니다.
2)논어에서 뽑은 문장을 체크해서 다시한번 읽어봅니다.
3)이솝우화에서 생각한 핵심단어를 체크해봅니다.
4)이솝우화에 등장하는 등장인물이 누구인지 묻습니다.
5)논어주제와 우화의 관계성에 대해 이야기해봅니다.
6)작성한 자신의 컬럼(글짓기)를 돌아가면서 읽어봅니다.
7)친구들이 발표하는 내용을 잘 듣도록 유도합니다.
[친구의 글 내용을 물어볼 수도 있습니다.]
8)글의 제목을 정하고 그 이유를 이야기합니다.

신(信) 창의체험

[주제어로 이미지 표현하기]

[일상과 소통하기]

수업을 통해 느낀 것

일상에서 실천할 일

내 꿈과 연결시키기!

[선생님과 함께 해요!]

1단계 : 주제어와 관련된 그림을 그릴 수 있다.
2단계 : 그림에 제목을 학과 관련해서 만들 수 있다.

1)종이에 주제어와 날짜를 적어봅니다.
2)곡선이나 직선을 활용하여 주제어를 꾸미도록 합니다.
3)색칠을 할 수도 있습니다.
4)작품에 대한 제목을 붙여봅니다.
5)그림을 완성한 후 작품을 돌아가며 설명해봅니다.
6)우측에 3단계 자기적용을 작성해봅니다.

Teacher Tip

-글씨(주제어) 자체를 꾸미는 작업도 재미있습니다.
-그림이 어려운 학생은 자유로이 주제에 연상되는 그림을 그리게 합니다.

신(信)

예(禮)

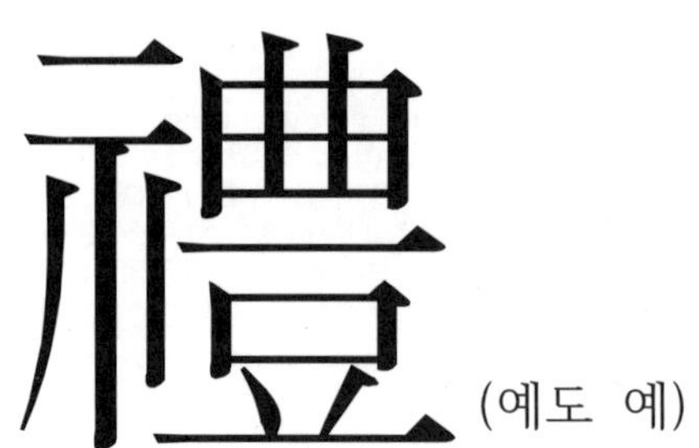
(예도 예)

넓은 의미로는 풍속이나 습관으로 형성된 행위 준칙, 도덕 규범, 등 각종 예절.
사회의 질서를 위해 만들어진 유교적 윤리규범을 지칭한다.
예(禮)는 본시 고대 사회에서 복을 받기 위해 귀신을 섬기는 일에서 비롯되었다고 하며 '예(禮)'자의 '示'는 '神'자에서, '豊'은 그릇에 곡식을 담은 모양이라고 《설문해자(說文解字)》에서는 풀이한다.

유가에서 예를 매우 중요시하여 《시경(詩經)》에는 '사람이면서 예가 없다니 어찌하여 빨리 죽지 않는가(人而無禮胡不遄死)라고 하였고 심지어 예로써 짐승과 구분 기준을 삼았다.

예의 종류로 오례(五禮)라 하여 길례 ·흉례 ·군례 ·빈례 ·가례(吉禮 ·凶禮 ·軍禮 ·賓禮 ·嘉禮)를, 구례(九禮)라 하여 관례(冠禮) ·혼례(婚禮) ·조례(朝禮) ·빙례(聘禮) ·상례(喪禮) ·제례(祭禮) ·빈주례(賓主禮) ·향음례(鄕飮禮) ·군여례(軍旅禮)를 말하여 한국에도 전래되었지만 가장 중요시되는 것은 일상 생활과 밀접한 관계에 있는 사례(四禮), 곧 관례, 혼례, 상례, 제례이다. 이 사례를 일컬어 가례(家禮)라 하며 주자의 예설을 모아 편한 《주자가례(朱子家禮)》가 조선시대의 모든 가례의 표준이 되었다.

지금까지도 항간에서 많이 쓰이는 《사례편람(四禮便覽)》을 비롯하여 《사례찬설》 《사례촬요》 《사례훈몽》 등 예절에 관한 많은 책들이 한결같이 《주자가례》를 모범으로 삼았을 정도로 주자의 예설이 한국에 미친 영향은 지대하였다.

그런데 이런 예법은 주로 양반 계층에서 지켜졌으며 이른바 상민계급에게는 별로 통용되지 않았다.
중국은 양반계급에서조차 한국만큼 예가 철저하게 준용되지 않았다.

한국의 지나친 예의 준용은 당쟁이나 사화를 일으키는 요인이 되기도 하여 사회에 끼친 부정적 영향이 매우 컸다. 이는 공자가 강조한 예의 본질은 차츰 퇴색하고 예의 형식이 위세를 떨쳤기 때문이다.

지식형성이 바르게 되면 모든 것을 예(禮)로 측정할 수 있다.

예(禮)

[논어 주제 문장]

有子曰 유자왈　유자가 말하였다.
禮之用和爲貴　예지용화위귀
"禮(예)의 기능은 화합이 귀중한 것이다.

先王之道斯爲美 선왕지도사위미
옛 왕들의 도는 이것을 아름답다고 여겨서,

小大由之有所不行 소대유지유소불행
작고 큰일들에서 모두 이러한 이치를 따랐다.

知和而和不以禮節之 지화이화불이례절지
화합을 이루는 것이 좋은 줄 알고,
화합을 이루되 예로써 절제하지 않는다면,

亦不可行也 역불가행야
또한 옳게 따르지 못하는 것이다."

[선생님과 함께 해요]

주제독서코칭 목표

1단계 : 소리내어 읽어보고, 필사하고, 외워본다.
2단계 : 논어주제에 대해 내 생각을 이야기할 수 있다.

1)논어의 각 장에서 예(禮)와 관련된 문장을 찾아봅니다.
2)찾은 문장을 돌아가며 소리내어 읽어봅니다.
3)선택한 주제문장을 필사해봅니다.
4)필사한 문장을 외워봅니다.
5)토론내용의 결론을 한 문장으로 적어봅니다.
6)진행교사는 되도록 말을 줄이며 참여학생 및 독서회원들의 의견을 듣도록 합니다. (리더/학생 언급 : 1대3의 비율)
7)충고하거나 지적하는 일이 없도록 합니다.
8)충분한 토론이 끝나면 일상에 적용하기 3단계 내용을 간단한 단어나 문장으로 적고 수업을 정리합니다.

Teacher Tip

-주제문장은 제시를 해주어도 좋고 아이들이 찾아와도 좋습니다.
-문장을 찾아오지 않은 학생들을 위해 교사는 학과 관련된 샘플문장을 5문장 정도 준비하면 좋습니다.
-질문으로 답을 찾게해주세요.

[일상에 적용하기]

수업을 통해 느낀 것

일상에서 실천할 일

내 꿈과 연결시키기!

창의인문학교

예 & 이솝우화

[이솝우화 주제 문장]

융합코칭 #05 웅변가 데마데스

웅변가 데마데스가 하루는 아테나이의 시민들에게 연설한다.
사람들이 그의 연설에 별로 주의를 기울이지 않자
그는 이솝 우화를 들려주겠다고 했다.

사람들이 그러라고 하자 데마데스는 말하기 시작했다.
"데메테르와 제비와 장어가 함께 길을 가고 있었소.
그들이 강가에 이르렀을 때 제비는 하늘로 날아갔고,
장어는 물속으로 들어갔소."
이렇게 말하고 그는 입을 다물었다. 사람들이 물었다.

"데메테르는 어떻게 됐소?"
데마데스가 말했다. "데메테르는 여러분에게 노여워하고 있소.
여러분이 나랏일은 뒷전이고 이솝우화에만 매달리니 말이오."

[선생님과 함께 해요!]

융합독서코칭 목표

1단계 : 우화가 주는 교훈을 이야기할 수 있다.
2단계 : 우화와 논어주제의 융합문장을 만들 수 있다.

1)이솝우화를 함께 읽어봅니다.
2)어떤 교훈을 주는 내용인지 이야기합니다.
3)우화의 본질단어에 대해 이야기합니다.
4)우화교훈과 논어주제문장과의 관계를 이야기합니다.
5)토론이 정리되면 오른쪽 3단계의 내용을 단어나 문장으로 적고 이야기해 봅니다.

Teacher Tip

-다양한 아이들의 생각을 인정 및 지지합니다.
-우화의 인물중심으로 관계성을 묻습니다.
-우화에서 찾아낸 본질단어를 깊게 토론합니다.
-논어의 주제문장과 융합하여 생각해보는 것이 중요합니다.

[일상에 적용하기]

수업을 통해 느낀 것

일상에서 실천할 일

내 꿈과 연결시키기!

본질단어 : 관심, 위치, 집중

데마데스는 아테나이의 정치가이자 웅변가

친마케도니아 정책을 주창했다. 데메테르는 그리스 신화에서 농업과 곡물의 여신이다.

예(禮) 컬럼쓰기

[재미있는 글짓기-컬럼쓰기]

논어주제문장의 핵심단어 찾아주기
1)
2)
3)
4)

이솝우화의 주요핵심단어 체크해주기
1)
2)
3)
4)

* 이미지맵으로 그려주어도 좋습니다.
* 핵심단어를 활용한 6하 원칙 글쓰기^^

[일상과 소통하기]

수업을 통해 느낀 것

일상에서 실천할 일

내 꿈과 연결시키기!

[선생님과 함께 해요!]

소통독서코칭 목표
1단계 : 논어와 우화로 6하 원칙의 내 글을 쓸 수 있다.
2단계 : 글을 쓰고 난 후 글의 제목을 만들 수 있다.

1)글쓰기가 익숙하지 않은 학생에게는 생각을 끄집어내주는 자극을 주어야 합니다.
2)논어에서 뽑은 문장을 체크해서 다시한번 읽어봅니다.
3)이솝우화에서 생각한 핵심단어를 체크해봅니다.
4)이솝우화에 등장하는 등장인물이 누구인지 묻습니다.
5)논어주제와 우화의 관계성에 대해 이야기해봅니다.
6)작성한 자신의 컬럼(글짓기)를 돌아가면서 읽어봅니다.
7)친구들이 발표하는 내용을 잘 듣도록 유도합니다.
[친구의 글 내용을 물어볼 수도 있습니다.]
8)글의 제목을 정하고 그 이유를 이야기합니다.

예(禮) 창의체험

[주제어로 이미지 표현하기]

[일상과 소통하기]

수업을 통해 느낀 것

일상에서 실천할 일

내 꿈과 연결시키기!

[선생님과 함께 해요!]

1단계 : 주제어와 관련된 그림을 그릴 수 있다.
2단계 : 그림에 제목을 학과 관련해서 만들 수 있다.

1)종이에 주제어와 날짜를 적어봅니다.
2)곡선이나 직선을 활용하여 주제어를 꾸미도록 합니다.
3)색칠을 할 수도 있습니다.
4)작품에 대한 제목을 붙여봅니다.
5)그림을 완성한 후 작품을 돌아가며 설명해봅니다.
6)우측에 3단계 자기적용을 작성해봅니다.

Teacher Tip

-글씨(주제어) 자체를 꾸미는 작업도 재미있습니다.
-그림이 어려운 학생은 자유로이 주제에 연상되는 그림을 그리게 합니다.

인(仁)

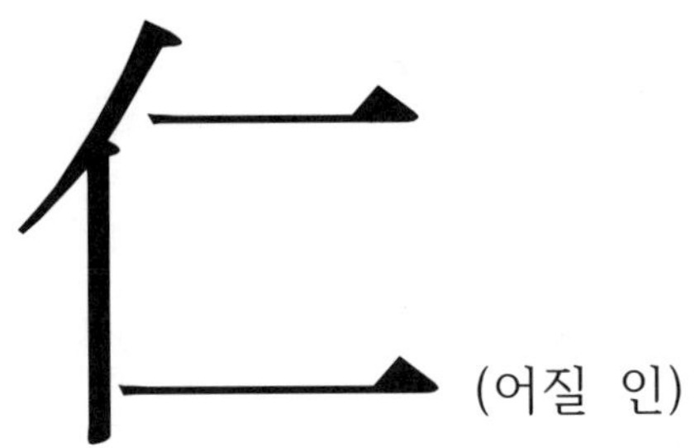
(어질 인)

사람인(人)자와 두이(二) 자가 결함되어
<두사람 이상이 살아가는 사회생활에서 사람이 지켜야하는 도리를 나타낸다.

중국고대 사상, 특히 유가사상의 가장 중요한 윤리·정치상의 개념.
중국사상이 인에 심원한 내용이 부여되어서 중요한 의미를 가지게 된 것은 춘추시대 전후부터이다. 공자가 인을 자기의 사상의 핵심을 표현하는 개념으로서 정립한 이후, 공자학파에서는 <인간다움의 극치>를 표징하는 최고의 덕목이 되었다. 인의 내용에 대해서 공자 자신 여러 가지로 주장하는데, <사람을 사랑하는>것으로 일반화되었다. 유가는 사랑에 차등을 두는 것을 시인하기 때문에, 자식의 부모에 대한 사랑인 <효(孝)>의 실천이 인을 실현하는 제1단계라고 하며, 친근한 자에 대한 사랑에서 출발해서 그 사랑이 미치는 범위를 점차 확대해가면 종극적으로는 인류애에 도달한다고 생각하였다. <겸애(무차별의 사랑)>를 주장하는 묵자에게서 이 <인애(仁愛)>는 <별애(차별애)>라고 비판되었는데 가족애나 애국심이 반드시 인류애와 양립하는 것은 아니라는 비판이다.

또한 공자는 인간이 사회적 존재라는 인식과 함께 <극기복례> 즉 자기 멋대로의 기를 극복하고, 사회적 규범인 예에 따르는 것이 인이라고 주장하였으며 성선설을 주장하는 맹자는 묵자의 겸애를 자기의 부모와 타인의 부모를 구별하지 않는 <금수의 사랑>이라고 공격하고, 공자의 인설을 발전시켰는데 인의 근거를 사람의 마음, 즉 인간의 불행을 묵시할 수 없다는 <사람에 인내하는 마음>에서 구했다. 공자는 개인의 존재방식에 따라서 인을 주장하는데, 맹자는 사회적 타당성을 의미하는 <의(義)>에 인과 대등한 가치를 주고, <인의의 도>를 주장하고, <사람에게 인내하는 마음>에 의거한 <사람에게 인내하는 정치>의 실현을 지향하는 것이 참된 <왕자>의 임무라고 주장하기에 이르렀다. 이 <인정(仁政)>의 주장은 <인간다움>의 표현인 인은 개인의 노력, 존재방식만으로 구현되는 것이 아니라, 정치 등의 사회적 힘에 뒷받침되어서 보다 고도로 달성된다는 인식을 배후에 지니고 있다.

그 후 송대가 되어서 인설은 독자적으로 철학적 전개를 하고, 주돈이는 우주론적으로 인을 해석해서 인류 최고규범이라고 하였으며, 정호(명도)는 인을 사람 중에 있는 <천의 원리>라고 보고, 이 <원>의 유행을 인의 본질이라고 하였다. 정이는 인을 <이(理)>라고 하며, <공(公)>이라고 주장하고, 정이의 설을 계승한 주희(주자)가 <인은 사랑의 이치, 마음의 덕이다>라고 정의한 것은 사랑을 작용으로 보고, 인을 본체로 보는 입장에 서있기 때문이었다.

나눔의 지식은 인(仁)을 통한 사랑의 마음이 있어야 한다.

인(仁)

크레아티오 창의인문학교

논어 09주차 주제독서코칭

[논어 주제 문장]

顔淵問仁 子曰　안연문인 자왈
안연이 인에 대해서 여쭙자, 공자께서 말씀하셨다.

克己復禮爲仁 극기복례위인
"자기를 이겨내고 예로 돌아가는 것이 인이다.
一日克己復禮 天下歸仁焉 일일극기복례 천하귀인언
하루만이라도 자기를 이겨내고 예로 돌아간다면,
천하가 인에 귀의할 것이다.

爲仁由己 而由人乎哉 위인유기 이유인호재
인을 실천하는 것이야 자신에게 달린 것이지,
다른 사람에게 달린 것이겠느냐?"

顔淵曰 請問其目 안연왈 청문기목
안연이 여쭈었다. "그 구체적인 방법을 여쭙고자 합니다."

子曰 非禮勿視 非禮勿聽 자왈 비례물시 비례물청
공자왈, "예가 아니면 보지 말고, 예가 아니면 듣지 말며,

非禮勿言 非禮勿動　비례물언 비례물동
예가 아니면 말하지 말고, 예가 아니면 움직이지 마라."

顔淵曰 안연왈　안연이 대답했다.
回雖不敏 請事斯語矣 회수불민 청사사어의
"제가 비록 총명하지는 못하오나, 이 말씀을 명심하고 실천하겠습니다."

[선생님과 함께 해요]

주제독서코칭 목표

1단계 : 소리내어 읽어보고, 필사하고, 외워본다.
2단계 : 논어주제에 대해 내 생각을 이야기할 수 있다.

1)논어의 각 장에서 인(仁)과 관련된 문장을 찾아봅니다.
2)찾은 문장을 돌아가며 소리내어 읽어봅니다.
3)선택한 주제문장을 필사해봅니다.
4)필사한 문장을 외워봅니다.
5)주제문장에 대한 생각을 토론합니다.
6)토론내용의 결론을 한 문장으로 적어봅니다.
7)학생에게 충고하거나 지적하는 일이 없도록 합니다.
8)충분한 토론이 끝나면 일상에 적용하기 3단계 내용을 간단한 단어나 문장으로 적고 수업을 정리합니다.

[일상에 적용하기]

수업을 통해 느낀 것

일상에서 실천할 일

내 꿈과 연결시키기!

인 & 이솝우화

[이솝우화 주제 문장]

융합코칭 #04 난파당한 사람

아테나이의 어떤 부자가 다른 승객들과 함께 항해를 하고 있었다.
세찬 폭풍이 일어 배가 뒤집히자
다른 사람들은 모두 살기 위해 헤엄쳤다.

그러나 아테나이 사람은 계속해서 아테나 여신을 부르며
자기를 구해주면 수없이 많은 제물을 바치겠다고 서약했다.
난파당한 사람들 가운데 한명이 그의 옆에서 헤엄치다가
그에게 말했다.
"아테나 여신에게 도움을 청하는 것도 좋지만,
당신 손도 움직여야죠."

[선생님과 함께 해요!]

융합독서코칭 목표
1단계 : 우화가 주는 교훈을 이야기할 수 있다.
2단계 : 우화와 논어주제의 융합문장을 만들 수 있다.

1)이솝우화를 함께 읽어봅니다.
2)어떤 교훈을 주는 내용인지 이야기합니다.
3)우화의 본질단어에 대해 이야기합니다.
4)우화교훈과 논어주제문장과의 관계를 이야기합니다.
5)토론이 정리되면 오른쪽 3단계의 내용을 단어나 문장으로
적고 이야기해 봅니다.

Teacher Tip
-다양한 아이들의 생각을 인정 및 지지합니다.
-우화의 인물중심으로 관계성을 묻습니다.
-우화에서 찾아낸 본질단어를 깊게 토론합니다.
-논어의 주제문장과 융합하여 생각해보는 것이 중요합니다.

[일상에 적용하기]

수업을 통해 느낀 것

일상에서 실천할 일

내 꿈과 연결시키기!

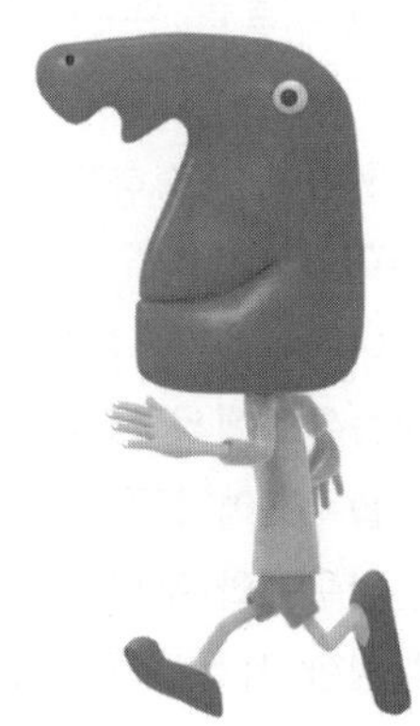

* 본질단어 : 기도, 돈, 나눔

* 아테나는 그리스 신화에서 제우스의 딸로 전쟁과 직조와 공예의 여신이며 아테나이의 수호여신이다.

인(仁) 컬럼쓰기

[재미있는 글짓기-컬럼쓰기]

논어주제문장의 핵심단어 찾아주기
1)
2)
3)
4)

이솝우화의 주요핵심단어 체크해주기
1)
2)
3)
4)

* 이미지맵으로 그려주어도 좋습니다.
* 핵심단어를 활용한 6하 원칙 글쓰기^^

[일상과 소통하기]

수업을 통해 느낀 것

일상에서 실천할 일

내 꿈과 연결시키기!

[선생님과 함께 해요!]

소통독서코칭 목표

1단계 : 논어와 우화로 6하 원칙의 내 글을 쓸 수 있다.
2단계 : 글을 쓰고 난 후 글의 제목을 만들 수 있다.

1)글쓰기가 익숙하지 않은 학생에게는 생각을 끄집어내주는 자극을 주어야 합니다.
2)논어에서 뽑은 문장을 체크해서 다시한번 읽어봅니다.
3)이솝우화에서 생각한 핵심단어를 체크해봅니다.
4)이솝우화에 등장하는 등장인물이 누구인지 묻습니다.
5)논어주제와 우화의 관계성에 대해 이야기해봅니다.
6)작성한 자신의 컬럼(글짓기)를 돌아가면서 읽어봅니다.
7)친구들이 발표하는 내용을 잘 듣도록 유도합니다.
[친구의 글 내용을 물어볼 수도 있습니다.]
8)글의 제목을 정하고 그 이유를 이야기합니다.

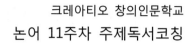

[주제어로 이미지 표현하기]

[일상과 소통하기]

수업을 통해 느낀 것

일상에서 실천할 일

내 꿈과 연결시키기!

[선생님과 함께 해요!]

1단계 : 주제어와 관련된 그림을 그릴 수 있다.
2단계 : 그림에 제목을 학과 관련해서 만들 수 있다.

1)종이에 주제어와 날짜를 적어봅니다.
2)곡선이나 직선을 활용하여 주제어를 꾸미도록 합니다.
3)색칠을 할 수도 있습니다.
4)작품에 대한 제목을 붙여봅니다.
5)그림을 완성한 후 작품을 돌아가며 설명해봅니다.
6)우측에 3단계 자기적용을 작성해봅니다.

Teacher Tip

-글씨(주제어) 자체를 꾸미는 작업도 재미있습니다.
-그림이 어려운 학생은 자유로이 주제에 연상되는 그림을 그리게 합니다.

Creatio 창의인문학교

인(仁)
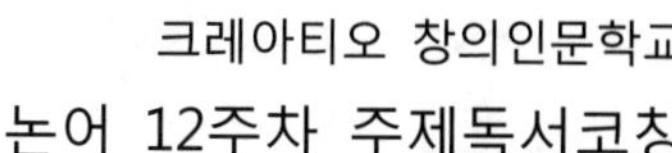
크레아티오 창의인문학교
논어 12주차 주제독서코칭

효(孝)

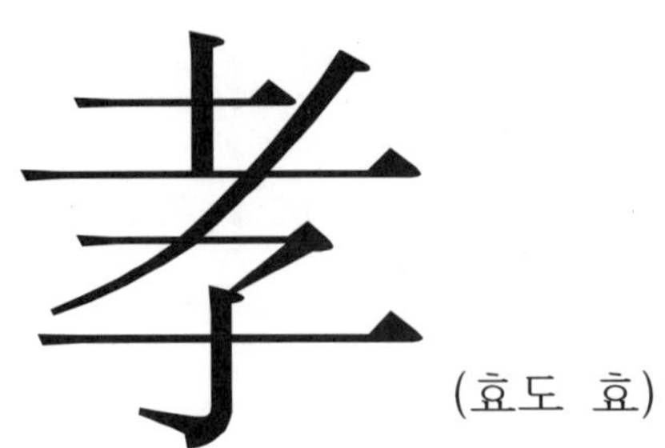
(효도 효)

효(孝)"라는 글자는 윗부분이 "노인 노-로(老)"가 되고,
아래쪽이 "아들 자(子)"가 되어 아들이 노인이 된 부모를 떠받치고 있는 형상의 한자어입니다.

후한 때의 학자 허신은 『설문해자』에서 효는 부모를 모신다는 뜻으로 노의 생략된 부분에 자가 종속되어 봉양의 의미가 있으며 자가 노를 받들고 있다고 하여 '효'자를 풀이하기를 '부모를 잘 섬기는 자'라고 하였다.

『설문해자』에서 '효'자에 대해 "효란 부모를 잘 섬기는 것이며, 늙음을 따르고 아들을 따르며, 아들이 늙은 부모를 잇는 것이다."라고 하였다. 이것은 곧 부모를 사랑하고 돕는 의미이다. 또 효는 부모를 좋아하며 이롭게 함을 의미이기도 한다. 이처럼 효의 본질적 뜻은 부모를 사랑하여 도우며 이롭게 해 준다는 의미를 포함한다.

효의 행위적인 측면을 말하고 있는 대표적인 문헌으로 『논어』를 들 수 있다.
『논어』에서의 효의 문학적 개념정의를 내려 본다면 가장 기본적인 것은 '부모를 섬기는 것'이 된다.
섬김의 의미는 전통적인 해석을 수용하여 크게 다음 세 가지로 나누어 볼 수 있다.

첫째로 행위적 측면: 가장 큰 섬김, 즉 대효는 부모를 공경하는 것이고,
다음 섬김은 부모를 욕되지 않게 하는 것이고,
그 다음 섬김은 부모를 부양하는 것이다. 이른바 존칭과 불욕과 부양이다.

정신적으로 부모를 공경하는 것이 가장 높은 효가 되고 부모로 하여금 남에게 잘못 길러진 자식이라 욕 듣게 하지 않는 것이 그 중간이며 물질적으로 부모를 잘 부양하는 것을 가장 낮은 효로 보았다.

'S'창의이론 지식형성단계의 신(信), 예(禮), 인(仁)은 효(孝)을 실천하는 성취목표를 연결하면 좋다.

효(孝)

[논어 주제 문장]

有子曰 基爲人也孝弟 유자왈 기위인야효제
유자가 말했다.
그 사람됨이 부모에게 효도하고 어른에게 공경스러우면서,

而好犯上者鮮矣 이호범상자선의
윗사람 해치기를 좋아하는 사람이 드물다.

不好犯上 而好作亂者未之有也 불호범상 이호작란자미지유야
윗사람 해치기를 좋아하지 않으면서,
질서를 어지럽히기를 좋아하는 사람은 없다.

君子務本 本立而道生 군자무본 본립이도생
군자는 근본에 힘쓰는 것이니,
근본이 확립되면 따라야 할 올바른 도리가 생겨난다.

孝弟也者基爲仁之本與 효제야자기위인지본여
효도와 공경이라는 것은 바로 인을 실천하는 근본이니라.

[선생님과 함께 해요]

주제독서코칭 목표
1단계 : 소리내어 읽어보고, 필사하고, 외워본다.
2단계 : 논어주제에 대해 내 생각을 이야기할 수 있다.

1)논어의 각 장에서 효(孝)와 관련된 문장을 찾아봅니다.
2)찾은 문장을 돌아가며 소리내어 읽어봅니다.
3)선택한 주제문장을 필사해봅니다.
4)필사한 문장을 외워봅니다.
5)주제문장에 대한 생각을 토론합니다.
6)토론내용의 결론을 한 문장으로 적어봅니다.
7)학생에게 충고하거나 지적하는 일이 없도록 합니다.
8)충분한 토론이 끝나면 일상에 적용하기 3단계 내용을 간단한 단어나 문장으로 적고 수업을 정리합니다.

Teacher Tip
-주제문장은 제시를 해주어도 좋고 아이들이 찾아와도 좋습니다.
-질문으로 답을 찾게 해주세요.

[일상에 적용하기]

수업을 통해 느낀 것

일상에서 실천할 일

내 꿈과 연결시키기!

효 & 이솝우화

[이솝우화 주제 문장]

융합코칭 #02 어부와 큰 고기와 작은 고기

어부가 바다에서 그물을 끌어당기고 있었다.
어부는 큰 고기들을 잡아 뭍에다 널었다.
그러나
작은 고기들은 그물코에서 빠져나가 바다로 도망쳤다.

[일상에 적용하기]

수업을 통해 느낀 것

일상에서 실천할 일

내 꿈과 연결시키기!

[선생님과 함께 해요!]

융합독서코칭 목표
1단계 : 우화가 주는 교훈을 이야기할 수 있다.
2단계 : 우화와 논어주제의 융합문장을 만들 수 있다.

1)이솝우화를 함께 읽어봅니다.
2)어떤 교훈을 주는 내용인지 이야기합니다.
3)우화의 본질단어에 대해 이야기합니다.
4)우화교훈과 논어주제문장과의 관계를 이야기합니다.
5)토론이 정리되면 오른쪽 3단계의 내용을 단어나 문장으로 적고 이야기해 봅니다.

Teacher Tip
-다양한 아이들의 생각을 인정 및 지지합니다.
-우화의 인물중심으로 관계성을 묻습니다.
-우화에서 찾아낸 본질단어를 깊게 토론합니다.
-논어의 주제문장과 융합하여 생각해보는 것이 중요합니다.

*** 본질단어 : 바다 & 물고기 & 그물**

효(孝) 컬럼쓰기

[재미있는 글짓기-컬럼쓰기]

논어주제문장의 핵심단어 찾아주기
1)
2)
3)
4)

이솝우화의 주요핵심단어 체크해주기
1)
2)
3)
4)

* 이미지맵으로 그려주어도 좋습니다.
* 핵심단어를 활용한 6하 원칙 글쓰기^^

[선생님과 함께 해요!]

소통독서코칭 목표

1단계 : 논어와 우화로 6하 원칙의 내 글을 쓸 수 있다.
2단계 : 글을 쓰고 난 후 글의 제목을 만들 수 있다.

1)글쓰기가 익숙하지 않은 학생에게는 생각을 끄집어내주는 자극을 주어야 합니다.
2)논어에서 뽑은 문장을 체크해서 다시한번 읽어봅니다.
3)이솝우화에서 생각한 핵심단어를 체크해봅니다.
4)이솝우화에 등장하는 등장인물이 누구인지 묻습니다.
5)논어주제와 우화의 관계성에 대해 이야기해봅니다.
6)작성한 자신의 컬럼(글짓기)를 돌아가면서 읽어봅니다.
7)친구들이 발표하는 내용을 잘 듣도록 유도합니다.
[친구의 글 내용을 물어볼 수도 있습니다.]
8)글의 제목을 정하고 그 이유를 이야기합니다.

[일상과 소통하기]

수업을 통해 느낀 것

일상에서 실천할 일

내 꿈과 연결시키기!

효(孝) 창의체험

[주제어로 이미지 표현하기]

[일상과 소통하기]

수업을 통해 느낀 것

일상에서 실천할 일

내 꿈과 연결시키기!

[선생님과 함께 해요!]

1단계 : 주제어와 관련된 그림을 그릴 수 있다.
2단계 : 그림에 제목을 학과 관련해서 만들 수 있다.

1)종이에 주제어와 날짜를 적어봅니다.
2)곡선이나 직선을 활용하여 주제어를 꾸미도록 합니다.
3)색칠을 할 수도 있습니다.
4)작품에 대한 제목을 붙여봅니다.
5)그림을 완성한 후 작품을 돌아가며 설명해봅니다.
6)우측에 3단계 자기적용을 작성해봅니다.

Teacher Tip

-글씨(주제어) 자체를 꾸미는 작업도 재미있습니다.
-그림이 어려운 학생은 자유로이 주제에 연상되는 그림을 그리게 합니다.

효(孝)

학(學)

(배울 학)

①學(학)이라는 글자를 풀이해 보면
좌측은 의식, 좌뇌, 삼음경(자율신경, 교감신경, 부교감신경)이고
우측은 무의식, 우뇌, 삼양경(운동신경, 감각신경, 지각신경)이며
가운데 X 두 개는 중뇌(간뇌), 잠재의식이며 좌뇌와 우뇌를 연결해주고 있습니다.
즉 사람의 머리이고 뇌를 의미하는 마을을 의미합니다.
그 밑에 있는 양끝을 꺽은 직선은 밑면자입니다.
그리고 그 밑에 子는 아들자, 씨앗자입니다.
또는 한일(—)자에 마칠료(了)가 됩니다.
하나를 마쳤다는 뜻이며 하나를 깨달았다는 뜻이 됩니다.
그래서 공자, 맹자, 노자 등에는 子라는 글자가 붙습니다.

학이란 글자의 뜻입니다. 의식과 무의식과 잠재의식을 깨끗하게 밀어버리면 아무것도 없는 것이 아니고 씨앗(子)이 생기는 것입니다. 그 씨앗을 도(道)라고 합니다. 道가 다름 이름으로 각성입니다. 의식과 무의식과 잠재의식을 깨끗하게 밀어버리고 하나를 깨닫고 완벽한 것을 의미합니다.

②갑골문의 초기 형태로 보면, (학)자는 爻모양의 그림 밑에 인디언 천막집 모양이 보입니다.
爻는 현재의 자전에는 "점괘 효"로 나와 있지만, 본래는 노끈을 엮는 모양, 새끼줄 형태라고 합니다.
인디언 천막 모양은 부수에서 나오는 "움집 면"자의 상형입니다.
시간이 흐르며 새끼줄에 두 손의 모양이 보태지고
금문에 와서는 아래의 "아들자(子)"가 첨가됩니다.
이것을 해석해보면 학(學)자의 의미는
"새끼줄로 지붕을 묶는 일을 자식에게 가르친다"가 원래의 의미입니다.

창의성의 기본단계인 나눔에 동참하는 마음에 학(學)의 기준을 두어야 한다.

학(學)

크레아티오 창의인문학교
논어 17주차 주제독서코칭

[논어 주제 문장]

자왈....學而時習之 不亦說乎 학이시습지 불역열호
배우고 때때로 그것을 익히면, 또한 기쁘지 않은가?

有朋自遠方來 不亦樂乎 유붕자원방래 불역낙호
벗이 먼 곳에서 찾아오면 또한 즐겁지 않은가?

人不知而不慍 不亦君子乎 인부지이불온 불역군자호
남이 알아주지 않아도 성내지 않는다면 또한 군자답지 않은가?

[선생님과 함께 해요]

주제독서코칭 목표
1단계 : 소리내어 읽어보고, 필사하고, 외워본다.
2단계 : 논어주제에 대해 내 생각을 이야기할 수 있다.

1)논어의 각 장에서 학(學)과 관련된 문장을 찾아봅니다.
2)찾은 문장을 돌아가며 소리내어 읽어봅니다.
3)선택한 주제문장을 필사해봅니다.
4)필사한 문장을 외워봅니다.
5)주제문장에 대한 생각을 토론합니다.
6)토론내용의 결론을 한 문장으로 적어봅니다.
7)진행교사는 되도록 말을 줄이며 참여학생 및 독서회원들의 의견을 듣도록 합니다. (리더/학생 언급 : 1대3의 비율)
8)발표한 의견에 대해 충고하거나 자신의 의견과 비교하여 지적하는 일이 없도록 합니다.
9)충분한 토론이 끝나면 일상에 적용하기 3단계 내용을 간단한 단어나 문장으로 적고 수업을 정리합니다.

Teacher Tip
-주제문장은 제시를 해주어도 좋고 아이들이 찾아와도 좋습니다.
-6명 기준으로 2문장씩 준비합니다
-문장을 찾아오지 않은 학생들을 위해 교사는 학과 관련된 샘플문장을 5문장 정도 준비하면 좋습니다.
-주제코칭의 목표는 읽기와 쓰기와 외우기입니다.
-질문으로 답을 찾게해주세요.
-초등생 40분 / 중등생 50분 /고등생은 60분으로 진행합니다.

[일상에 적용하기]

수업을 통해 느낀 것

일상에서 실천할 일

내 꿈과 연결시키기!

학 & 이솝우화

크레아티오 창의인문학교
논어 18주차 융합독서코칭

[이솝우화 주제 문장]

융합코칭 #01 신상(神像)을 파는 사람

어떤 사람이 나무로 헤르메스의 신상을 만들어 장에 팔러 갔다.

사려는 사람이 좀처럼 나타나지 않자 그는 사람들을 끌기위해
자기는 복과 이익을 주는 신을 팔고 있노라고 외쳤다.
마침 그곳에 있던 사람이 물었다.

"이봐요, 그분이 그렇게 복을 주신다면
그분에게 도움을 받을 일이지 왜 내다 파는 거요?"

그가 대답했다.

"나는 당장 도움이 필요한데 신은 이익을 주려고 서두르시는
법이 없기 때문이라오."

*** 본질단어 : 이익 & 신 & 도움**

[선생님과 함께 해요!]

융합독서코칭 목표
1단계 : 우화가 주는 교훈을 이야기할 수 있다.
2단계 : 우화와 논어주제의 융합문장을 만들 수 있다.

1)이솝우화를 함께 읽어봅니다.
2)어떤 교훈을 주는 내용인지 이야기합니다.
3)우화의 본질단어에 대해 이야기합니다.
4)우화교훈과 논어주제문장과의 관계를 이야기합니다.
5)토론이 정리되면 오른쪽 3단계의 내용을 단어나 문장으로
적고 이야기해 봅니다.

Teacher Tip
-다양한 아이들의 생각을 인정 및 지지합니다.
-우화의 인물중심으로 관계성을 묻습니다.
-우화에서 찾아낸 본질단어를 깊게 토론합니다.
-논어의 주제문장과 융합하여 생각해보는 것이 중요합니다.

[일상에 적용하기]

수업을 통해 느낀 것

일상에서 실천할 일

내 꿈과 연결시키기!

* 헤르메스는 그리스 신화에서 제우스의 아들로 신들의 전령이자 상인과 도둑들의 보호자

학(學) 컬럼쓰기

[재미있는 글짓기-컬럼쓰기]

논어주제문장의 핵심단어 찾아주기
1)
2)
3)
4)

이솝우화의 주요핵심단어 체크해주기
1)
2)
3)
4)

* 이미지맵으로 그려주어도 좋습니다.
* 핵심단어를 활용한 6하 원칙 글쓰기^^

[일상과 소통하기]

수업을 통해 느낀 것

일상에서 실천할 일

내 꿈과 연결시키기!

[선생님과 함께 해요!]

소통독서코칭 목표

1단계 : 논어와 우화로 6하 원칙의 내 글을 쓸 수 있다.
2단계 : 글을 쓰고 난 후 글의 제목을 만들 수 있다.

1)글쓰기가 익숙하지 않은 학생에게는 생각을 끄집어내주는 자극을 주어야 합니다.
2)논어에서 뽑은 문장을 체크해서 다시 한 번 읽어봅니다.
3)이솝우화에서 생각한 핵심단어를 체크해봅니다.
4)이솝우화에 등장하는 등장인물이 누구인지 묻습니다.
5)논어주제와 우화의 관계성에 대해 이야기해봅니다.
6)작성한 자신의 칼럼(글짓기)를 돌아가면서 읽어봅니다.
7)친구들이 발표하는 내용을 잘 듣도록 유도합니다.
[친구의 글 내용을 물어볼 수도 있습니다.]
8)글의 제목을 정하고 그 이유를 이야기합니다.

학(學) 창의체험

[주제어로 이미지 표현하기]

[일상과 소통하기]

수업을 통해 느낀 것

일상에서 실천할 일

내 꿈과 연결시키기!

[선생님과 함께 해요!]

1단계 : 주제어와 관련된 그림을 그릴 수 있다.

2단계 : 그림에 제목을 학과 관련해서 만들 수 있다.

1)종이에 주제어와 날짜를 적어봅니다.
2)곡선이나 직선을 활용하여 주제어를 꾸미도록 합니다.
3)색칠을 할 수도 있습니다.
4)작품에 대한 제목을 붙여봅니다.
5)그림을 완성한 후 작품을 돌아가며 설명해봅니다.
6)우측에 3단계 자기적용을 작성해봅니다.

Teacher Tip

-글씨(주제어) 자체를 꾸미는 작업도 재미있습니다.
-그림이 어려운 학생은 자유로이 주제에 연상되는 그림을 그리게 합니다.

지(知)

知 (알지)

일반적으로는 지식, 지성의 의미로 쓰인다.
단 중국사상에서 지(知)는 인성 문제 내지 정치 문제에 직결되어 있으며, 몸을 수양하고 나라를 다스린다는 차원에서 논의되고 있다.
고대에는 지를 도덕적 판단을 행하는 인간 본유(本有)의 능력으로 본 맹자, 지(知)는 허망하고 무지(無知)야말로 인간의 자연, 하늘(天)에 합치되는 것이라고 한 장자, 허심(虛心)을 가지고 천지의 도를 얻으라고 역설한 순자(荀子) 등이 있었다.

송대의 철학자 주자는 '궁리'(窮理), 즉 '격물치지'(格物致知)를 인간의 본도(本道)라고 하였고, 왕양명은 '치량지'(致良知)로써 '지행합일'을 논하는 등 여러 설이 있다.

**안다고 하는 나의 지(知)는 천명에 두는 것이다.
그것을 실천하는 마음이 나눔이다.
지식은 곧 창의적인 나눔에서 성장한다.**

지(知)

크레아티오 창의인문학교
논어 21주차 주제독서코칭

[논어 주제 문장]

子曰 자왈　공자께서 말씀하셨다.
蓋有不知而作之者　개유부지이작지자
"제대로 알지도 못하면서 새로운 것을 창작하는 사람이 있지만,

我無是也 아무시야
나는 그런 일은 하지 않는다.

多聞擇其善者而從之 다문택기선자이종지
많이 듣고 그 중 좋은 것을 택하여 따르며,

多見而識之 다견이식지
많이 보고 그 중에 좋은 것을 마음에 새겨 둔다면,

知之次也 지지차야
이것이 진실로 아는 것에 버금가는 일이다."

[선생님과 함께 해요]

주제독서코칭 목표
1단계 : 소리내어 읽어보고, 필사하고, 외워본다.
2단계 : 논어주제에 대해 내 생각을 이야기할 수 있다.

1)논어의 각 장에서 지(知)와 관련된 문장을 찾아봅니다.
2)찾은 문장을 돌아가며 소리내어 읽어봅니다.
3)선택한 주제문장을 필사해봅니다.
4)필사한 문장을 외워봅니다.
5)토론내용의 결론을 한 문장으로 적어봅니다.
6)진행교사는 되도록 말을 줄이며 참여학생 및 독서회원들의 의견을 듣도록 합니다. (리더/학생 언급 : 1대3의 비율)
7)충고하거나 지적하는 일이 없도록 합니다.
8)충분한 토론이 끝나면 일상에 적용하기 3단계 내용을 간단한 단어나 문장으로 적고 수업을 정리합니다.

Teacher Tip
-주제문장은 제시를 해주어도 좋고 아이들이 찾아와도 좋습니다.
-문장을 찾아오지 않은 학생들을 위해 교사는 학과 관련된 샘플문장을 5문장 정도 준비하면 좋습니다.
-질문으로 답을 찾게 해주세요.

[일상에 적용하기]

수업을 통해 느낀 것

일상에서 실천할 일

내 꿈과 연결시키기!

Creati 창의인문학교

[이솝우화 주제 문장]

융합코칭 #06 말과 소와 개와 사람

제우스가 사람을 만들 때는 수명을 조금밖에 주지 않았다.

그러나 사람은 자신의 지혜를 이용해 집을 짓고 겨울이 되자 그 안에서 살았다. 한번은 혹한이 닥치고 비가 쏟아지자 말이 견디다 못해 사람에게 달려가 자기를 보호해달라고 간청했다.

사람은 말의 수명을 나눠주지 않으면 그렇게 하지 않겠다고 말했다. 말은 기꺼이 내주었다. 얼마 뒤 소도 궂은 날씨를 견디다 못해 찾아왔다. 사람은 똑같은 말을 했다. 소도 제 수명의 일부를 주고 받아 들여졌다.

마지막으로 개도 추위에 초주검이 되어 나타나 제 수명의 일부를 넘겨주고 보호받게 되었다. 그리하여 사람은 제우스가 준 수명을 사는 동안에는 순수하고 착하지만, 말이 준 수명에 들어서면 허풍을 치며 우쭐댄다.

또한 소가 준 수명에 들어서면 당당해지기 시작하고 개의 수명에 이르면 성을 잘 내고 투덜댄다.

[선생님과 함께 해요!]

융합독서코칭 목표

1단계 : 우화가 주는 교훈을 이야기할 수 있다.
2단계 : 우화와 논어주제의 융합문장을 만들 수 있다.

1)이솝우화를 함께 읽어봅니다.
2)어떤 교훈을 주는 내용인지 이야기합니다.
3)우화의 본질단어에 대해 이야기합니다.
4)우화교훈과 논어주제문장과의 관계를 이야기합니다.
5)토론이 정리되면 오른쪽 3단계의 내용을 단어나 문장으로 적고 이야기해 봅니다.

Teacher Tip

-다양한 아이들의 생각을 인정 및 지지합니다.
-우화의 인물중심으로 관계성을 묻습니다.
-우화에서 찾아낸 본질단어를 깊게 토론합니다.

[일상에 적용하기]

수업을 통해 느낀 것

일상에서 실천할 일

내 꿈과 연결시키기!

지(知)

* 본질단어 : 수명, 욕심

지(知) 컬럼쓰기

[재미있는 글짓기-컬럼쓰기]

논어주제문장의 핵심단어 찾아주기
1)
2)
3)
4)

이솝우화의 주요핵심단어 체크해주기
1)
2)
3)
4)

* 이미지맵으로 그려주어도 좋습니다.
* 핵심단어를 활용한 6하 원칙 글쓰기^^

[일상과 소통하기]

수업을 통해 느낀 것

일상에서 실천할 일

내 꿈과 연결시키기!

[선생님과 함께 해요!]

소통독서코칭 목표

1단계 : 논어와 우화로 6하 원칙의 내 글을 쓸 수 있다.
2단계 : 글을 쓰고 난 후 글의 제목을 만들 수 있다.

1)글쓰기가 익숙하지 않은 학생에게는 생각을 끄집어내주는 자극을 주어야 합니다.
2)논어에서 뽑은 문장을 체크해서 다시한번 읽어봅니다.
3)이솝우화에서 생각한 핵심단어를 체크해봅니다.
4)이솝우화에 등장하는 등장인물이 누구인지 묻습니다.
5)논어주제와 우화의 관계성에 대해 이야기해봅니다.
6)작성한 자신의 컬럼(글짓기)를 돌아가면서 읽어봅니다.
7)친구들이 발표하는 내용을 잘 듣도록 유도합니다.
[친구의 글 내용을 물어볼 수도 있습니다.]
8)글의 제목을 정하고 그 이유를 이야기합니다.

지(知)

[주제어로 이미지 표현하기]

[일상과 소통하기]

수업을 통해 느낀 것

일상에서 실천할 일

내 꿈과 연결시키기!

[선생님과 함께 해요!]

1단계 : 주제어와 관련된 그림을 그릴 수 있다.
2단계 : 그림에 제목을 학과 관련해서 만들 수 있다.

1)종이에 주제어와 날짜를 적어봅니다.
2)곡선이나 직선을 활용하여 주제어를 꾸미도록 합니다.
3)색칠을 할 수도 있습니다.
4)작품에 대한 제목을 붙여봅니다.
5)그림을 완성한 후 작품을 돌아가며 설명해봅니다.
6)우측에 3단계 자기적용을 작성해봅니다.

Teacher Tip

-글씨(주제어) 자체를 꾸미는 작업도 재미있습니다.
-그림이 어려운 학생은 자유로이 주제에 연상되는 그림을 그리게 합니다.

서(恕)

恕 (용서할 서)

자신이 싫어하는 것을 남에게 강요하지 않는 것,
자신을 용사하듯이 남을 용서하는 것이다.

인간을 차별하지 않는 마음을 의미한다.

恕는 如(같을여)자와 心(마음심)자로 이루어져 있는데,
무슨 일을 함에 있어서
남의 마음을 먼저 헤아리고 일을 처리하라는 뜻이다.

**내가 싫은 일은 타인도 싫은 것이다.
타인의 마음을 알기위한 마음나눔에 동참하는 것
그것이 서(恕)의 마음이다.**

서(恕)

[논어 주제 문장]

子曰 자왈 공자께서 말씀하셨다.

參乎 吾道 一以貫之 삼호 오도 일이관지
"삼아, 나의 도는, 하나로 관통한다."

曾子曰 唯 증자왈 유
증자는 "예"하고 주저 없이 대답하였다.

子出 門人問曰 何謂也 자출 문인문왈 하위야
공자께서 나가시자, 문인들이 물었다. "무슨 말씀이십니까?"

曾子曰 증자왈 증자가 말하였다.

夫子之道 忠恕而已矣 부자지도 충서이이의
"선생님의 도는, 충(忠)과 서(恕)일 뿐입니다."

[선생님과 함께 해요]

주제독서코칭 목표
1단계 : 소리내어 읽어보고, 필사하고, 외워본다.
2단계 : 논어주제에 대해 내 생각을 이야기할 수 있다.

1)논어의 각 장에서 서(恕)와 관련된 문장을 찾아봅니다.
2)찾은 문장을 돌아가며 소리내어 읽어봅니다.
3)선택한 주제문장을 필사해봅니다.
4)필사한 문장을 외워봅니다.
5)토론내용의 결론을 한 문장으로 적어봅니다.
6)진행교사는 되도록 말을 줄이며 참여학생 및 독서회원들의 의견을 듣도록 합니다. (리더/학생 언급 : 1대3의 비율)
7)충고하거나 지적하는 일이 없도록 합니다.
8)충분한 토론이 끝나면 일상에 적용하기 3단계 내용을 간단한 단어나 문장으로 적고 수업을 정리합니다.

Teacher Tip
-주제문장은 제시를 해주어도 좋고 아이들이 찾아와도 좋습니다.
-문장을 찾아오지 않은 학생들을 위해 교사는 학과 관련된 샘플문장을 5문장 정도 준비하면 좋습니다.
-질문으로 답을 찾게 해주세요.

[일상에 적용하기]

수업을 통해 느낀 것

일상에서 실천할 일

내 꿈과 연결시키기!

Creati 창의인문학교

[이솝우화 주제 문장]

융합코칭 #08 쥐와 개구리

땅 위에 사는 쥐가 불행이도 개구리와 친구가 되었다.
개구리는 나쁜 마음을 먹고 쥐의 발을 자기 발에다 묶었다.
처음에 둘은 이삭을 먹으려고 땅위를 돌아다녔다.
그 뒤 연못가에 이르자 개구리는
쥐를 연못바닥으로 끌고 들어가 개굴개굴 물속을 노닐었다.
가련한 쥐는 물을 먹고 퉁퉁 부어올라 죽었다.
쥐는 개구리의 발에 묶인 채 물 위를 떠다녔다.
솔개가 쥐를 보더니 발톱으로 낚아챘다.
그러자 함께 묶여 있던 개구리도 딸려 올라가
역시 솔개의 밥이 되었다.

[선생님과 함께 해요!]

융합독서코칭 목표
1단계 : 우화가 주는 교훈을 이야기할 수 있다.
2단계 : 우화와 논어주제의 융합문장을 만들 수 있다.

1)이솝우화를 함께 읽어봅니다.
2)어떤 교훈을 주는 내용인지 이야기합니다.
3)우화의 본질단어에 대해 이야기합니다.
4)우화교훈과 논어주제문장과의 관계를 이야기합니다.
5)토론이 정리되면 오른쪽 3단계의 내용을 단어나 문장으로 적고 이야기해 봅니다.

Teacher Tip
-다양한 아이들의 생각을 인정 및 지지합니다.
-우화의 인물중심으로 관계성을 묻습니다.
-우화에서 찾아낸 본질단어를 깊게 토론합니다.
-논어의 주제문장과 융합하여 생각해보는 것이 중요합니다.

[일상에 적용하기]

수업을 통해 느낀 것

일상에서 실천할 일

내 꿈과 연결시키기!

창의인문학교

서(恕)

* 본질단어 : 관계, 친구

서(恕) 컬럼쓰기

[재미있는 글짓기-컬럼쓰기]

논어주제문장의 핵심단어 찾아주기
1)
2)
3)
4)

이솝우화의 주요핵심단어 체크해주기
1)
2)
3)
4)

* 이미지맵으로 그려주어도 좋습니다.
* 핵심단어를 활용한 6하 원칙 글쓰기^^

[선생님과 함께 해요!]

소통독서코칭 목표

1단계 : 논어와 우화로 6하 원칙의 내 글을 쓸 수 있다.
2단계 : 글을 쓰고 난 후 글의 제목을 만들 수 있다.

1)글쓰기가 익숙하지 않은 학생에게는 생각을 끄집어내주는 자극을 주어야 합니다.
2)논어에서 뽑은 문장을 체크해서 다시한번 읽어봅니다.
3)이솝우화에서 생각한 핵심단어를 체크해봅니다.
4)이솝우화에 등장하는 등장인물이 누구인지 묻습니다.
5)논어주제와 우화의 관계성에 대해 이야기해봅니다.
6)작성한 자신의 컬럼(글짓기)를 돌아가면서 읽어봅니다.
7)친구들이 발표하는 내용을 잘 듣도록 유도합니다.
[친구의 글 내용을 물어볼 수도 있습니다.]
8)글의 제목을 정하고 그 이유를 이야기합니다.

[일상과 소통하기]

수업을 통해 느낀 것

일상에서 실천할 일

내 꿈과 연결시키기!

[주제어로 이미지 표현하기]

[일상과 소통하기]

수업을 통해 느낀 것

일상에서 실천할 일

내 꿈과 연결시키기!

[선생님과 함께 해요!]

1단계 : 주제어와 관련된 그림을 그릴 수 있다.
2단계 : 그림에 제목을 학과 관련해서 만들 수 있다.

1)종이에 주제어와 날짜를 적어봅니다.
2)곡선이나 직선을 활용하여 주제어를 꾸미도록 합니다.
3)색칠을 할 수도 있습니다.
4)작품에 대한 제목을 붙여봅니다.
5)그림을 완성한 후 작품을 돌아가며 설명해봅니다.
6)우측에 3단계 자기적용을 작성해봅니다.

Teacher Tip

-글씨(주제어) 자체를 꾸미는 작업도 재미있습니다.
-그림이 어려운 학생은 자유로이 주제에 연상되는 그림을 그리게 합니다.

서(恕)

행(行)

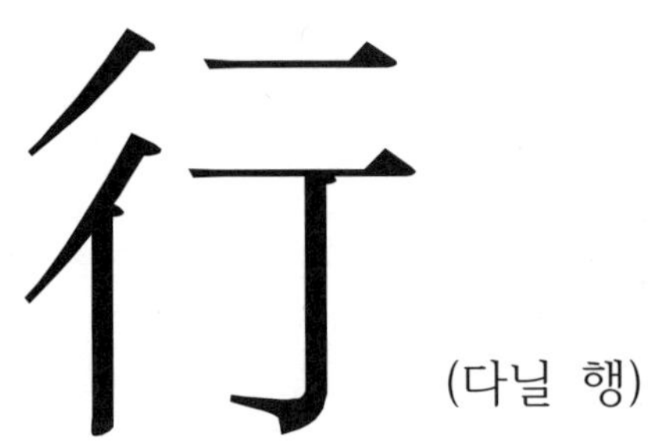

(다닐 행)

한(漢)대의 악부시(樂府詩)에서 나온 시체(詩體)의 일종으로 시의 제목 뒤에 붙여진다.
대체로 자기의 감정이나 사물을 거침없이 가볍게 노래할 때 붙여지는 것이라 보면 될 것이다.
송(宋)대 강기(姜夔)의 <백석도인시설(白石道人詩說)>에서는
"시체가 글씨의 행서(行書) 같다는 뜻이다." 하였고,

명(明)대 서사증(徐師曾)은 <문체명변(文體明辯)>에서
"글이 달려 나가면서 한곳에 엉키지 않고 슬슬 내려가는 것을 행이라 한다"고 설명하고 있다.

위(魏)나라 조조(曹操)의 <단가행(短歌行)>, 조비(曹丕)의 <선재행(善哉行)>, 두보(杜甫)의 <취가행(醉歌行)> <단가행(短歌行)>, 백거이(白居易)의 <비파행(琵琶行)> 같은 시가 그 대표적인 작품이다.

'S' 창의이론 마지막 단계인 나눔실행은
주도적인 자신의 행(行)을
일상에 보여주는 것이다.
그것이 배움의 열매를 성장시키는 지행합일이다.

행(行)

크레아티오 창의인문학교
논어 29주차 주제독서코칭

[논어 주제 문장]

子夏曰 자하왈 자하가 말하였다.
賢賢 易色 현현 역색
"어진 이를 어진 이로 대하기를, 마치 여색을 좋아하듯이 하고,

事父母 能竭其力 사부모 능갈기력
부모를 섬길 때는, 자신의 힘을 다할 수 있으며,

事君 能致其身 사군 능치기신
임금을 섬길 때는, 자신의 몸을 다 바칠 수 있고,

與朋友交 言而有信 여붕우교 언이유신
벗과 사귈 때는, 언행에 믿음이 있다면,

雖曰未學 吾必謂之學矣 수왈미학 오필위지학의
비록 배운 게 없다고 하더라도,
나는 반드시 그를 배운 사람이라고 할 것이다."

[선생님과 함께 해요]

주제독서코칭 목표

1단계 : 소리내어 읽어보고, 필사하고, 외워본다.
2단계 : 논어주제에 대해 내 생각을 이야기할 수 있다.

1)논어의 각 장에서 행(行)과 관련된 문장을 찾아봅니다.
2)찾은 문장을 돌아가며 소리내어 읽어봅니다.
3)선택한 주제문장을 필사해봅니다.
4)필사한 문장을 외워봅니다.
5)토론내용의 결론을 한 문장으로 적어봅니다.
6)진행교사는 되도록 말을 줄이며 참여학생 및 독서회원들의 의견을 듣도록 합니다. (리더/학생 언급 : 1대3의 비율)
7)충고하거나 지적하는 일이 없도록 합니다.
8)충분한 토론이 끝나면 일상에 적용하기 3단계 내용을 간단한 단어나 문장으로 적고 수업을 정리합니다.

Teacher Tip

-주제문장은 제시를 해주어도 좋고 아이들이 찾아와도 좋습니다.
-문장을 찾아오지 않은 학생들을 위해 교사는 학과 관련된 샘플문장을 5문장 정도 준비하면 좋습니다.
-질문으로 답을 찾게 해주세요.

[일상에 적용하기]

수업을 통해 느낀 것

일상에서 실천할 일

내 꿈과 연결시키기!

CreaTio 창의인문학교

행 & 이솝우화

[이솝우화 주제 문장]

융합코칭 #07 사랑에 빠진 사자와 농부

사자가 농부의 딸에게 반해 청혼을 했다.
농부는 차마 야수에게 딸을 줄 수도 없고 두려워서 거절할 수도 없어 다음과 같은 꾀를 생각해냈다.

사자가 자꾸만 조르자 농부가 말하기를 자기는 사자가 사윗감으로 손색이 없다고 생각하지만, 사자가 제 이빨을 뽑고 제 발톱을 자르기 전에는 딸을 줄 수 없다고 했다.

딸아이가 그것들을 무서워한다는 것이었다. 사자는 사랑에 빠져 이 두가지 희생을 모두 감수했다. 그러자 농부는 사자를 우습게보고 가까이 다가가서 몽둥이로 때려 내쫓았다.

[선생님과 함께 해요!]

융합독서코칭 목표
1단계 : 우화가 주는 교훈을 이야기할 수 있다.
2단계 : 우화와 논어주제의 융합문장을 만들 수 있다.

1)이솝우화를 함께 읽어봅니다.
2)어떤 교훈을 주는 내용인지 이야기합니다.
3)우화의 본질단어에 대해 이야기합니다.
4)우화교훈과 논어주제문장과의 관계를 이야기합니다.
5)토론이 정리되면 오른쪽 3단계의 내용을 단어나 문장으로 적고 이야기해 봅니다.

Teacher Tip
-다양한 아이들의 생각을 인정 및 지지합니다.
-우화의 인물중심으로 관계성을 묻습니다.
-우화에서 찾아낸 본질단어를 깊게 토론합니다.
-논어의 주제문장과 융합하여 생각해보는 것이 중요합니다.

[일상에 적용하기]

수업을 통해 느낀 것

일상에서 실천할 일

내 꿈과 연결시키기!

행(行)

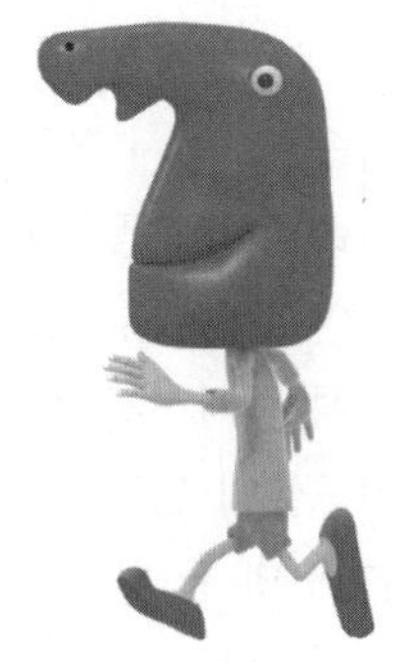

* 본질단어 : 무서움, 사랑, 희생

행(行) 컬럼쓰기

[재미있는 글짓기-컬럼쓰기]

논어주제문장의 핵심단어 찾아주기
1)
2)
3)
4)

이솝우화의 주요핵심단어 체크해주기
1)
2)
3)
4)

* 이미지맵으로 그려주어도 좋습니다.
* 핵심단어를 활용한 6하 원칙 글쓰기^^

[일상과 소통하기]

수업을 통해 느낀 것

일상에서 실천할 일

내 꿈과 연결시키기!

[선생님과 함께 해요!]

소통독서코칭 목표

1단계 : 논어와 우화로 6하 원칙의 내 글을 쓸 수 있다.
2단계 : 글을 쓰고 난 후 글의 제목을 만들 수 있다.

1)글쓰기가 익숙하지 않은 학생에게는 생각을 끄집어내주는 자극을 주어야 합니다.
2)논어에서 뽑은 문장을 체크해서 다시한번 읽어봅니다.
3)이솝우화에서 생각한 핵심단어를 체크해봅니다.
4)이솝우화에 등장하는 등장인물이 누구인지 묻습니다.
5)논어주제와 우화의 관계성에 대해 이야기해봅니다.
6)작성한 자신의 컬럼(글짓기)를 돌아가면서 읽어봅니다.
7)친구들이 발표하는 내용을 잘 듣도록 유도합니다.
[친구의 글 내용을 물어볼 수도 있습니다.]
8)글의 제목을 정하고 그 이유를 이야기합니다.

행(行) 창의체험

[주제어로 이미지 표현하기]

[일상과 소통하기]

수업을 통해 느낀 것

일상에서 실천할 일

내 꿈과 연결시키기!

[선생님과 함께 해요!]

1단계 : 주제어와 관련된 그림을 그릴 수 있다.
2단계 : 그림에 제목을 학과 관련해서 만들 수 있다.

1)종이에 주제어와 날짜를 적어봅니다.
2)곡선이나 직선을 활용하여 주제어를 꾸미도록 합니다.
3)색칠을 할 수도 있습니다.
4)작품에 대한 제목을 붙여봅니다.
5)그림을 완성한 후 작품을 돌아가며 설명해봅니다.
6)우측에 3단계 자기적용을 작성해봅니다.

Teacher Tip

-글씨(주제어) 자체를 꾸미는 작업도 재미있습니다.
-그림이 어려운 학생은 자유로이 주제에 연상되는 그림을 그리게 합니다.

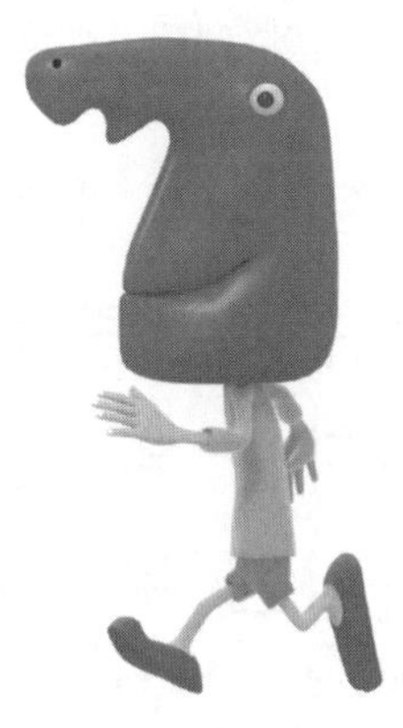

충(忠)

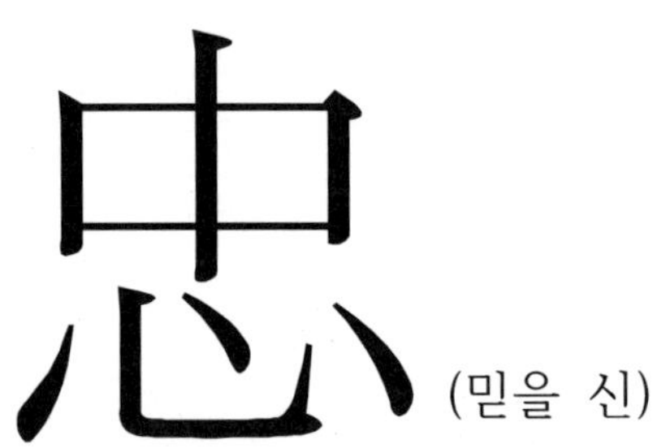
(믿을 신)

원래의 의미는 마음을 다한다고 하는 뜻인데,
고대의 유가(儒家)에서 신하가 임군(君)을 섬기는 경우에 취해야 하는 태도・도덕을
충(忠)이라고 불렀다.

즉 『논어』에서는 군주는 '예'(禮)로서 신하를 부리는 것에 비해
신하는 '충'으로서 군주를 섬겨야 한다고 하였고,
『효경』(孝經)에서는 '효'로서 어버이를 섬기듯이 군주를 섬기는 것이 충이라고 하였다.

봉건사회인 송(宋)나라 시대에는 '몸을 바친다'는 것이 충이라고 해석되어,
충은 가족 도덕의 근간인 효와 함께 봉건사회를 유지하는 최대의 덕목이 되었고
양자(兩者)를 실천하기 위하여 양자에 공통된 정신태도와 생활태도,
윗사람에 대한 '경'(敬), '순'(順)이 강조되었다.

창의성의 심화단계에서
행(行)은 충(忠)으로 드러난다.
신하는 임금을,
자식은 부모를 대할 때,
충(忠)으로써 대해야한다.

충(忠)

크레아티오 창의인문학교
논어 33주차 주제독서코칭

[논어 주제 문장]

定公問 정공문 정공이 물었다.

君使臣 臣事君 如之何 군사신 신사군 여지하
임금이 신하를 부리고,
신하가 임금을 섬기는 일은,
어떻게 해야 합니까?

孔子對曰 공자대왈 공자께서 대답하셨다.

君使臣以禮 臣事君以忠 군사신이예 신사군이충
"임금은 예로써 신하를 부리고,
신하는 충으로써 임금을 섬겨야 합니다."

[선생님과 함께 해요]

주제독서코칭 목표

1단계 : 소리내어 읽어보고, 필사하고, 외워본다.
2단계 : 논어주제에 대해 내 생각을 이야기할 수 있다.

1)논어의 각 장에서 신(信)과 관련된 문장을 찾아봅니다.
2)찾은 문장을 돌아가며 소리내어 읽어봅니다.
3)선택한 주제문장을 필사해봅니다.
4)필사한 문장을 외워봅니다.
5)토론내용의 결론을 한 문장으로 적어봅니다.
6)진행교사는 되도록 말을 줄이며 참여학생 및 독서회원들의 의견을 듣도록 합니다. (리더/학생 언급 : 1대3의 비율)
7)충고하거나 지적하는 일이 없도록 합니다.
8)충분한 토론이 끝나면 일상에 적용하기 3단계 내용을 간단한 단어나 문장으로 적고 수업을 정리합니다.

Teacher Tip

-주제문장은 제시를 해주어도 좋고 아이들이 찾아와도 좋습니다.
-문장을 찾아오지 않은 학생들을 위해 교사는 학과 관련된 샘플문장을 5문장 정도 준비하면 좋습니다.
-질문으로 답을 찾게 해주세요.

[일상에 적용하기]

수업을 통해 느낀 것

일상에서 실천할 일

내 꿈과 연결시키기!

충 & 이솝우화

[이솝우화 주제 문장]

융합코칭 #10 벼룩과 황소

하루는 벼룩이 황소에게 물었다.

"너는 이렇게 크고 용감한데 어째서 날마다 사람들 종노릇이나 하는 거야? 나는 사람 살을 무참하게 찢어놓고 사람 피를 볼이 미어져라 마시는데 말이야."

황소가 대답했다.

"나는 인간 종족에게 감사하고 있어. 그들은 나를 아껴주고 가끔은 내 이마와 어깨를 애무해주기도 하거든."

벼룩이 대답했다.

"그러나 네가 좋아하는 그 애무라는 것이 나에게는 가장 비참한 운명이지. 내가 어쩌다 사람들에게 잡히는 날엔 말이야."

[선생님과 함께 해요!]

융합독서코칭 목표

1단계 : 우화가 주는 교훈을 이야기할 수 있다.
2단계 : 우화와 논어주제의 융합문장을 만들 수 있다.

1)이솝우화를 함께 읽어봅니다.
2)어떤 교훈을 주는 내용인지 이야기합니다.
3)우화의 본질단어에 대해 이야기합니다.
4)우화교훈과 논어주제문장과의 관계를 이야기합니다.
5)토론이 정리되면 오른쪽 3단계의 내용을 단어나 문장으로 적고 이야기해 봅니다.

Teacher Tip

-다양한 아이들의 생각을 인정 및 지지합니다.
-우화의 인물중심으로 관계성을 묻습니다.
-우화에서 찾아낸 본질단어를 깊게 토론합니다.
-논어의 주제문장과 융합하여 생각해보는 것이 중요합니다.

[일상에 적용하기]

수업을 통해 느낀 것

일상에서 실천할 일

내 꿈과 연결시키기!

충(忠)

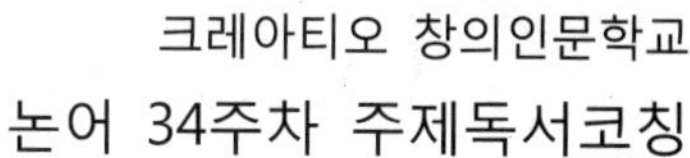

* 본질단어 : 입장

충(忠) 컬럼쓰기

[재미있는 글짓기-컬럼쓰기]

논어주제문장의 핵심단어 찾아주기
1)
2)
3)
4)

이솝우화의 주요핵심단어 체크해주기
1)
2)
3)
4)

* 이미지맵으로 그려주어도 좋습니다.
* 핵심단어를 활용한 6하 원칙 글쓰기^^

[일상과 소통하기]

수업을 통해 느낀 것

일상에서 실천할 일

내 꿈과 연결시키기!

[선생님과 함께 해요!]

소통독서코칭 목표

1단계 : 논어와 우화로 6하 원칙의 내 글을 쓸 수 있다.
2단계 : 글을 쓰고 난 후 글의 제목을 만들 수 있다.

1)글쓰기가 익숙하지 않은 학생에게는 생각을 끄집어내주는 자극을 주어야 합니다.
2)논어에서 뽑은 문장을 체크해서 다시한번 읽어봅니다.
3)이솝우화에서 생각한 핵심단어를 체크해봅니다.
4)이솝우화에 등장하는 등장인물이 누구인지 묻습니다.
5)논어주제와 우화의 관계성에 대해 이야기해봅니다.
6)작성한 자신의 컬럼(글짓기)를 돌아가면서 읽어봅니다.
7)친구들이 발표하는 내용을 잘 듣도록 유도합니다.
[친구의 글 내용을 물어볼 수도 있습니다.]
8)글의 제목을 정하고 그 이유를 이야기합니다.

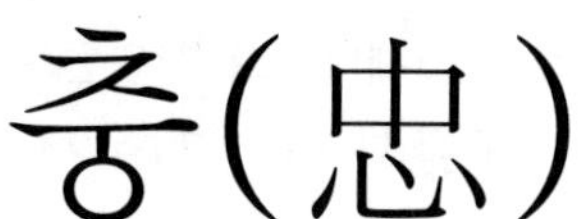
충(忠)

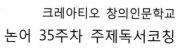

충(忠) 창의체험

[주제어로 이미지 표현하기]

[일상과 소통하기]

수업을 통해 느낀 것

일상에서 실천할 일

내 꿈과 연결시키기!

[선생님과 함께 해요!]

1단계 : 주제어와 관련된 그림을 그릴 수 있다.
2단계 : 그림에 제목을 학과 관련해서 만들 수 있다.

1)종이에 주제어와 날짜를 적어봅니다.
2)곡선이나 직선을 활용하여 주제어를 꾸미도록 합니다.
3)색칠을 할 수도 있습니다.
4)작품에 대한 제목을 붙여봅니다.
5)그림을 완성한 후 작품을 돌아가며 설명해봅니다.
6)우측에 3단계 자기적용을 작성해봅니다.

Teacher Tip

-글씨(주제어) 자체를 꾸미는 작업도 재미있습니다.
-그림이 어려운 학생은 자유로이 주제에 연상되는 그림을 그리게 합니다.

군자(君子)

君子 (임금군, 아들자)

유교에서 도덕적으로 완성된 인격자를 일컫는 말.
유교에서는 성인(聖人)이 되는 것이 궁극적인 목표이다.
성인이란 최고의 인격자, 즉 천인합일(天人合一)의 경지에 달한 사람을 말한다.

군자는 사전적의미로 살펴보면 3가지 뜻이 있다.
하나는 학식과 덕행이 높은 사람이요
또 하나는 벼슬이 높은 사람이고
나머지 하나는 아내가 자기 남편을 높여 일컫던 말이다.

이중에 우리가 알고 있는 군자의 뜻은 아마 첫 번째의 것 하나뿐이 아닌가 한다.
하지만 논어에서는 '군자'를 크게 3가지로 분류하여 표현하였다.
그것은 군자를 학문의 도를 이룬 사람, 그 시대의 위정자, 제자들이 생각한 공자의 모습이다.
그럼 군자가 어떤식으로 표현되었는지 한번 살펴보기로 하자.

첫째로 공자는 군자를 성인의 완성 즉 학문의 궁극의 도달점이라고 보았는데,
이러한 견해는 논어 전반에 걸쳐서 고루 나타나고 있다.

천명의 인의예지신(仁義禮智信)은
일상에서 지혜와 융합과 소통의 마음으로 드러난다.
그것을 자유로이 행하는 자가 군자(君子)이다.

군자(君子)

크레아티오 창의인문학교
논어 37주차 주제독서코칭

[논어 주제 문장]

子曰　공자께서 말씀하셨다.
君子不重則不威 (군자부중즉불위)
"군자가 신중하지 않으면 위엄이 없으며,
學則不固 (학즉불고)
배워도 견고하지 않게 된다.
主忠信 無友不如其者 (주충신 무부여기자)
충실과 신의를 중시하고,
자기보다 못한 자를 벗으로 사귀지 말며,

過則勿憚改 (과즉물탄개)
잘못이 있으면 고치기를 꺼리지 말아야 한다."

[일상에 적용하기]

수업을 통해 느낀 것

일상에서 실천할 일

내 꿈과 연결시키기!

[선생님과 함께 해요]

주제독서코칭 목표
1단계 : 소리내어 읽어보고, 필사하고, 외워본다.
2단계 : 논어주제에 대해 내 생각을 이야기할 수 있다.

1)논어의 각 장에서 군자(君子)와 관련된 문장을 찾아봅니다.
2)찾은 문장을 돌아가며 소리내어 읽어봅니다.
3)선택한 주제문장을 필사해봅니다.
4)필사한 문장을 외워봅니다.
5)주제문장에 대한 생각을 토론합니다.
6)토론내용의 결론을 한 문장으로 적어봅니다.
7)진행교사는 되도록 말을 줄이며 참여학생 및 독서회원들의 의견을 듣도록 합니다. (리더/학생 언급 : 1대3의 비율)
8)충고하거나 지적하는 일이 없도록 합니다.
9)충분한 토론이 끝나면 일상에 적용하기 3단계 내용을 간단한 단어나 문장으로 적고 수업을 정리합니다.

Teacher Tip
-주제문장은 제시를 해주어도 좋고 아이들이 찾아와도 좋습니다.
-문장을 찾아오지 않은 학생들을 위해 교사는 학과 관련된 샘플문장을 5문장 정도 준비하면 좋습니다.
-주제코칭의 목표는 읽기와 쓰기와 외우기입니다.
-질문으로 답을 찾게 해주세요.

Creatio 창의인문학교

군자 & 이솝우화

[이솝우화 주제 문장]

융합코칭 #03 사자를 본 적 없는 여우

사자를 본적이 없는 여우가 어느날 우연히 사자와 마주쳤다.
사자를 처음 봤을 때 여우는 놀라 죽을 뻔했다.
두 번째 만났을 때도 무서웠으나
첫 번째 만났을 때만큼은 무섭지 않았다.
그러나 세 번째로 봤을 때 여우는 용기를 내어
사자에게 다가가 말하기 시작했다.

*** 본질단어 : 용기 & 경험**

[선생님과 함께 해요!]

융합독서코칭 목표
1단계 : 우화가 주는 교훈을 이야기할 수 있다.
2단계 : 우화와 논어주제의 융합문장을 만들 수 있다.

1)이솝우화를 함께 읽어봅니다.
2)어떤 교훈을 주는 내용인지 이야기합니다.
3)우화의 본질단어에 대해 이야기합니다.
4)우화교훈과 논어주제문장과의 관계를 이야기합니다.
5)토론이 정리되면 오른쪽 3단계의 내용을 단어나 문장으로 적고 이야기해 봅니다.

Teacher Tip
-다양한 아이들의 생각을 인정 및 지지합니다.
-우화의 인물중심으로 관계성을 묻습니다.
-우화에서 찾아낸 본질단어를 깊게 토론합니다.
-논어의 주제문장과 융합하여 생각해보는 것이 중요합니다.

[일상에 적용하기]

수업을 통해 느낀 것

일상에서 실천할 일

내 꿈과 연결시키기!

Creati 창의인문학교

군자(君子)

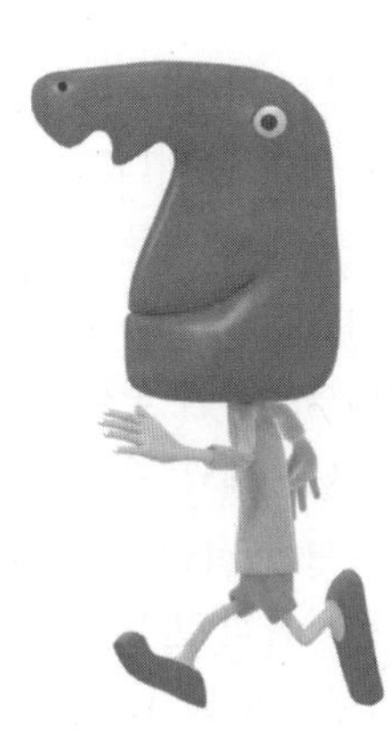

군자(君子) 컬럼쓰기

크레아티오 창의인문학교
논어 39주차 소통독서코칭

[재미있는 글짓기-컬럼쓰기]

논어주제문장의 핵심단어 찾아주기
1)
2)
3)
4)

이솝우화의 주요핵심단어 체크해주기
1)
2)
3)
4)

* 이미지맵으로 그려주어도 좋습니다.
* 핵심단어를 활용한 6하 원칙 글쓰기^^

[일상과 소통하기]

수업을 통해 느낀 것

일상에서 실천할 일

내 꿈과 연결시키기!

[선생님과 함께 해요!]

소통독서코칭 목표

1단계 : 논어와 우화로 6하 원칙의 내 글을 쓸 수 있다.
2단계 : 글을 쓰고 난 후 글의 제목을 만들 수 있다.

1)글쓰기가 익숙하지 않은 학생에게는 생각을 끄집어내주는 자극을 주어야 합니다.
2)논어에서 뽑은 문장을 체크해서 다시한번 읽어봅니다.
3)이솝우화에서 생각한 핵심단어를 체크해봅니다.
4)이솝우화에 등장하는 등장인물이 누구인지 묻습니다.
5)논어주제와 우화의 관계성에 대해 이야기해봅니다.
6)작성한 자신의 컬럼(글짓기)를 돌아가면서 읽어봅니다.
7)친구들이 발표하는 내용을 잘 듣도록 유도합니다.
[친구의 글 내용을 물어볼 수도 있습니다.]
8)글의 제목을 정하고 그 이유를 이야기합니다.

군자(君子)창의체험

[주제어로 이미지 표현하기]

[일상과 소통하기]

수업을 통해 느낀 것

일상에서 실천할 일

내 꿈과 연결시키기!

[선생님과 함께 해요!]

1단계 : 주제어와 관련된 그림을 그릴 수 있다.
2단계 : 그림에 제목을 학과 관련해서 만들 수 있다.

1)종이에 주제어와 날짜를 적어봅니다.
2)곡선이나 직선을 활용하여 주제어를 꾸미도록 합니다.
3)색칠을 할 수도 있습니다.
4)작품에 대한 제목을 붙여봅니다.
5)그림을 완성한 후 작품을 돌아가며 설명해봅니다.
6)우측에 3단계 자기적용을 작성해봅니다.

Teacher Tip

-글씨(주제어) 자체를 꾸미는 작업도 재미있습니다.
-그림이 어려운 학생은 자유로이 주제에 연상되는 그림을 그리게 합니다.

군자(君子)

Epilogue 본질을 끄집어내는 창의인문독서의 독백

In the beginning God created the heavens and the earth.
창조를 통해 천지를 시작한 하나님

#01 시선

보이는 것 뒤에 존재하는 것

#02 소통사고 (신호등 by 연재, Age11)

빨간불 - 멈춤
노란불 - 생각
녹색불 - 실시

어떤 갈등이 생겼을 때에 신호등을 생각하세요!

#03 질문

마르지 않는 진리의 샘

#04 고백

남이 자신을 알아주지 못할까
노심초사한 여러날...

내가 남을 제대로 알려하지 않은 게으름이
참으로 어리석은 나의 위태로움이었음을~

#05 믿음시각

보여서 믿어지는 것도 있고
마음으로 믿어서 보여지는 것이 있어요

#06 유태인의 상상력

유태인들에게는 넘치는 상상력이 있어요.
그들은 추상적인 무언가를 믿는 최초의 사람들이 되었기에
소수로 세상을 바꾸는 수많은 인재들을 키워냈죠.

유태인식 상상력 ~ 불가능을 꿈꾸어라.
꿈꾸고 상상하는 순간
이미 우리는 거기에 다가가 있는 것이죠.

미래에 먼저 가있는 리더가 되기를 원하세요.
그럼,
추상적인 그 무언가를 상상하세요.

#07 창의인문교사 원데이교육

창의인문교육(ICT) 원데이 수업을 마쳤다.
아침 9시30분부터 오후 7시까지
오늘도 모든 에너지를 다 쏟아부어

광주. 전주. 대구. 청주 등
멀리서 새벽기차를 타고
혹은 전날 올라와 있다가 시간에 맞춰

감동적인 참여에 힘든 줄 모르고 수업했다.

이러한 열정들이 지속성을 갖기 바라며...
지역 리더들의 등장을 기대해 본다.

나눔의 가치와 아이들을 왜 가르치는지.
어떻게 지도해야하는지 알아가는 교육생들.

먼 길 조심히 내려가길~

#08 지금

지금 뛰지 않으면
곧 걸을 수도 없게 된다.

#09 나의 스승

추운겨울
누추한 방에 단정히 앉아
반딧불 아래에서 정신을 집중하고
책을 읽어 나갔으며

더운 여름
사방을 뛰어다니며 뜨거운 태양아래서
땀 흘리며 사람들에게 가르침을 베풀고

맑은 가을 날
천천히 강가를 거닐며
시원한 바람 맞으며 괴롭게 우주와
인생을 사색하며

따듯한 봄날에는
꽃밭에 앉아 은은한 봄빛 속에서
시구절과 음악의 이치를 자세하게 연마하던
나의 스승.....

#10 왜 꿈꾸지 못하는가?

왜 꿈꾸지 못하는가?
왜 비전을 찾지 못하는가?
꿈과 비전을 어떻게 집중하고 선택할 것인가?
지금의 한국교육은 왜 이것을 이끌지 못하는가?

일상의 질문들은 책속에서 끄집어낸다.
그러나,
우리는 그것을
일상에서 시각화시켜 소통시키는데
어려움에 빠져있다.

리딩을 통해 지식을 구조화하는 일,
일상속에서 그 실체를 찾는 일,
그것을 현실로 만드는 일.

이 땅의 청소년과 청년들이
머뭇거리지 말고
지금 해야 할 일이다.

그것을 찾게 친구가 되어주는 활동가치,
미래리더들의 나눔 실천을 통한
꿈과 비전을 성장시키며 방향성을 제시하는 것,
그것이 크레아티오의 뜨거운 심장이 될 것이다.

#11 2013.9.3. 세운 계획

상상
5년플랜 크레아티오 일들.

*수준높은 창의인문교사 1,000명의 창의코칭.
*전세계 크레아티오 학교 100개교 설립.
*대한민국 공교육 혁신 30% 창의인문교육 도입.
*지식나눔 재능기부 문화 확산.
*뉴욕과 연계한 세계창의센터 한강에 세우기.

시작은 작으나 큰 출발이 가능한 힘, 나눔입니다.

#12 관상=관계성의 조화

방향성이 정확하면 관계성이 흔들리지 않는다.
바다와 세상의 이치는 같다.

과거와 현재와 미래는 역시 한 공간에 존재한다.

잔재주는 큰 흐름을 바꾸지 못하고 중심이 없으면 그마저 휘둘린다.

동양사고의 조화를 강하게 녹여낸 강렬한 메시지가 담겨있다.

#13 남다름

나는 어디로 가고 있는가?
나는 스스로에게 질문을 던져왔는가!
뻔한 히스토리로 삶을 끝내고 싶지는 않은데!

그것을 벗어날 수 있는 일상의 일탈.

스스로에게 끊임없이 던지는 질문속에
명쾌하게 그려지는 비전을 갖게 되었다.

정리된 비전을 마음에 담으니
몇 가지 변화가 삶에 바로 나타난다.

이런 변화가 쌓이니
뻔한 내 히스토리를 바라보던 시선들에게
삶의 무게가 실린다.

아~ 그는 참 남달라졌어!

#14 믿음시각

남들이 이렇게 살아 왔으니... 주저리
너희들도 이리 살려 노력해라.
스펙도 쌓고..... 주저리

아직도 이렇게 강연하고 글 쓰는 사람들이 있다.

그것이 어떻게 자신만의 삶을 만들 수 있는가.
열심히 노력하고 잘해야 다른 사람의 삶이지.

오늘도 고2의 휴먼스토리를 들으며
피와 한숨을 토해낸다.
부모의 이혼.
아빠의 도박. 구타
아무도 자신을 돌봐주지 않고 일탈하는 일상
돌아갈 곳 없는 청소년의 고달픈 삶.

혹여나 아빠가 자살할까!
걱정되어 학교도 그만두고 집나간 아빠를 찾는 아들...

과도한 편안함,
그로인해 불어난 나의 게으름.

고아와 과부를 청소년과 청년을 돌보라는
하나님이 주신 강력한 나의 사명.

오늘은 이 우울한 청소년의 얼굴을 떠올리며
생각을 집중한다.
그의 마음속에 살아야겠다는 원초적인 움직임이 고개를 들도록
내가 해야 할 일이 무엇인지!

일상에 고개 숙여 묵상을 찾는다.

#15 행(行)

하나님, 어떻게 저 많은 별을 만드셨습니까.
정말 거기 빛이 있으라 하시니
거기 빛이 있더이까.

모래알만한 별이라도 좋으니
제 손으로 만들 수 있는 힘을 주소서.

자신만을 위해 사는 사람들의 가슴속에
풍금처럼 울리게 하는
아름다운 나눔을 실천하도록 허락해 주시겠습니까.

#16 빛

번개를 갖고 있는 제우스 불의 신.
어둠의 빛을 갖고 있는 아이들.
종양을 갖고 태어난 장애아.

가장 어두운 빛을 갖고 태어난 사람은
가장 환한 빛을 낼 수 있는 힘을 가진 사람이다.

#17 공자의 예

예는 빛이다.
그 안에서 우리는 화합을 배운다.

빛의 조화로움이여
우리에게 오라.

그것을 나눔으로 소통하리라.

가장 어두운 빛을 갖고 태어난 나는
가장 환한 빛을 나눌 수 있는 나이기도 합니다.

2주차 창의인문독서교육을 마치며
설레는 마음으로~

#18 빛

4년전 꾸었던 꿈.
창의교육의 최고 수준을 자랑하는
뉴욕링컨센터 TA(Teaching Artist)교육을
산골아이들에게 소통시키는 것.

링컨센터에 버금가는 뉴욕의 SVA대학에서
창의교육의 대부로 불리며
수많은 제자와 창의 프로그램을 만들어 낸
앤드류창 교수님을 초청,
한국에서 직접 강의를 듣는 설렘에 직면한다.
그것이 오늘이다.

향후 창의인문독서교사들이 그 느낌을 빈민가 아이들에게
잘 전달하리라 믿는다.

또 한 번의 소통,
그 바램이 작은 나눔을 만들어 낼 것이다.

#19 지의 재구성

내게 부조화스러운 것들.
이미 익숙해져있는 지식들

오늘의 가설은 지(知)= 재구성=변화.

지금의 지식을 창의적으로 재구성하지 않고 변화를 감수하지 않는다면

어떤 배움과 경험도 지금의 세상을 벗어날 수 없다.

지금의 지식으로 이 세상에서 버틸 것인가!
재구성하여 미래 세상을 먼저 가 있을 것인가!

#20 군자의 배움

배움은 즐거운 것입니다.
독서에서 시작되지요.
그러나 독서만 갖고 되더이까.
관계를 맺는 행함이 있어야겠지요.

그것이 크레아티오 창의인문교사의 핵심가치.
우리는 타인의 성장에 기뻐하는 그 나눔으로 공자보다 더 학(學)과 예(禮)와 지(知)를 실천하는 일상을 갖게 될 것입니다. 오늘 또 그 씨앗을 세상에 심게 되어 너무도 기쁘고 설레입니다. 앞으로 나눌 그들의 나눔이 말입니다.

#21 같은 생각

철학자들이 그토록 싫어하던 남과 같은 생각.

세속적인 지식은 빛의 그림자와 같다.
말한 아리스토텔레스.

새로움을 개척하기에 주저하는 나.

아~ 진정

지금 있는 삶의 플랜이 나의 브랜드인가.
그만 허우적거리고 나와주시면 안될까요?

공격적인 시간이 시작된 나에게....

#22 균형 = 삶

균형이 창의적 삶을 만든다.
진정, 인간이 균형적 삶을 가질 수 있는 힘이 있더이까!
내가 무엇을 하는지도 모르게 중독되고
가독성으로 바닥을 쳐봐야 쪼금 알려주시는 삶의 균형.

그 상황을 잊고 또 잊고 다른 관계에서 바닥을 치는 반복.
그래도 그것을 멈출 수 있나요.

스티븐잡스,
1983~2010년까지 끊임없이 자신의 마음속 생각을 제품으로 만들어 내고 그 안에 창조적 가치를 넣어 많은 사람들에게 사업설명회를 열어온 사람.

그러나 아버지와의 관계에서는 균형을 잃었던 사람.

그가 빛나는 것은 무거운 병 앞에서도
일에 대한 균형을 잃지 않고 노력하는 모습이 아닐까.

건장하고 퉁퉁한 얼굴이 초췌하고 말라가는 모습으로 변해가도

자신의 무대에서 뷰티풀, 판타스틱, 크리에이티브를 끊임없이 말하며
혁신이라는 단어를 한 번도 꺼내지 않고 많은 사람들에게 그것을 느끼게 해준
그가 눈부시게 아름답다.

고지식하고 철저하게 원인과 결과를 따져대던 나에게
창의코칭과 인문고전수업이라는 무대를 주셨다.

몇해의 노력으로 이어온 창의수업, 근래 누군가는 이것으로 삶이 변했다고 말한다.
기쁘다. 그것은 그들의 능력이다.
변할 수 있는 능력을 갖게 된 것이고 때가 찬 것이리라.

어제는 7살 아이들과 창의 수업을 했다.
무료해져가던 나의 삶에 신선한 공기처럼 눈이 확 떠지는 아이들의 질문들.

창의수업의 생각이 살아있음을 느꼈다.
아이들의 엉뚱한 질문에 내가 답변하고 있었고
그 답변에 아이들이 웃고 있었다.

내가 사랑스러워졌고 그 아이들이 사랑스러워 졌다.

30명의 아이들과 눈을 맞추는 인문창의 수업
내 삶의 균형~
어찌 사랑하지 않을 수 있나요!

#23 첫날

12월의 첫날이다.

늘 첫날은 다가온다.

새해가 떠오르며 내게 물었던 많은 꿈들.

경이로움으로 시작한 나의 혁신학문

지혜의 재능을 기부하는 창의와 인문학의 융합

모든 이들에게

자유

성장

조화

의지

그리고 순수의 감정을 통해 생각하는 인문학을 일상에 소통시키기 원한다.

경이로움으로 나의 행함을 만들어 주시고

보편적인 지식의 초월자 말고

어린아이와 같더라도 지혜를 구하는 창조주의 축복이 있게 하소서...

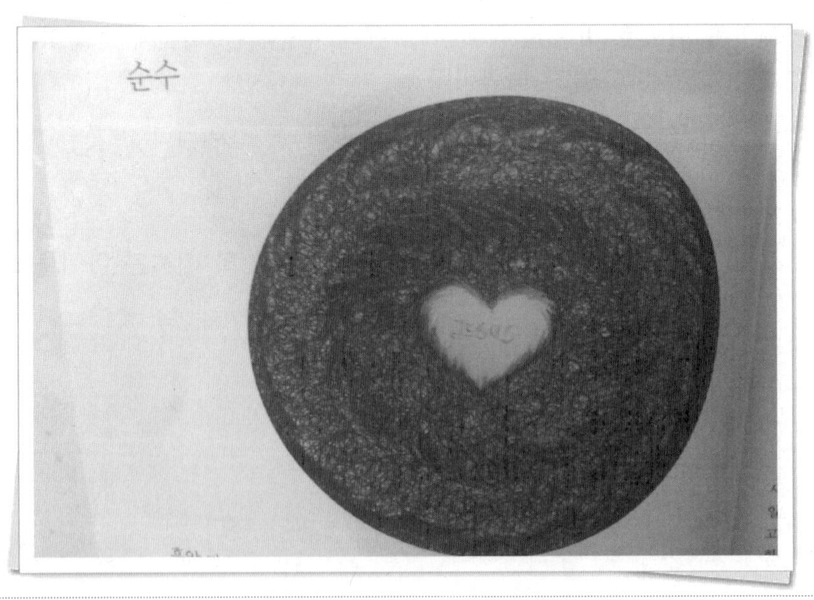

#24 침묵소통

올해 나의 소통은 침묵이다.
침묵,
그것은 내게 묵묵히 말없는 행위로
일과 독서를 하는 것이 아니다.

익숙하지 않은 공간.
익숙하지 않는 언어.
익숙하지 않은 사람.
알지 못하고 자신없는 소통이 나를 침묵하게 할 것이다.

뉴욕에 간다.
익숙하지 않은 공간, 사람, 수업
깊은 침묵을 체험할 것이다.

오직 듣고 생각하고 본 것을 끊임없이 재구성하는 것에 몰입하면서

요즘 말이 많아졌다.
겸손하고 자중하는데 한계를 느낀다.
틈만 나면 잘난 척에 지인들에게 지적을 한다.

기존에 것을 털어내고 익숙하지 않은 것을 찾는 일.
한계에 직면하는 일.

그것이 침묵으로 소통하는 이유이다.

drawing by 김영미

#25 경이로움

낙이 생겼다.
집에 TV가 없지만.
아이패드로 불편함을 감수하고 시청을 고수한다.

케이팝 시즌3.... 시작되었다.

서바이벌 형식이지만 심사위원들이 사정을 한다.
아이들의 재능에 놀라 스카우트를 미리 하려고 말이다.

자신의 색을 갖고 있는가!
그것을 얼마나 유쾌하게 표현하는가!
소름 돋는 아이들의 재능과 출현에
아이처럼 기뻐하는 박진영심사위원의 모습에 덩달아 즐겁다.

소울과 그루브를 마음껏 발산하며
자신의 생각을 표현하는
창의적인 아이들을 만나면
그때만큼 기쁘고 즐거운 일이 없다.

그들은 미래 세상을 위한 일을 꿈꾸기 때문이다.
무대가 긴장되고 떨리는 아이들.
넘어서야겠지만.
그 장소가 내 집인양 거침없이 나서는 아이들
경이로움.....이다.

아리스토텔레스가 형이상학에서 말하지 않았는가!
모든 학문의 시작은 경이로움에서 출발한다고.

새로운 학(學)을 만들어내는
우리 아이들의 미래를 매주 보는
이 낙이 어찌 즐겁지 아니한가!

#26 자유와 성장의 독백

인간은 스스로 자유로워질 수 없고
혹은 자유로워 질 수 있다.

나의 나약함이 자유를 주기도 하고
속박하기도 한다.
성장은 관계에서 오기도 하고
그 관계로 성장이 힘들어 하기도 한다.

형이상학과 형이하학은
결국 인간의 몸과 정신 안에 있는 음양의 조화로움인데.
이것이 인간의 본질이고 그것이 눈으로 보는 우리인데.
이 본질이 성장하려면
결국 몸과 정신이 조화롭게 경험하고 커져야하고

좋은 경험, 나쁜 경험
올라가거나 내려가거나
웃거나 울거나...
건이거나 곤이거나
혼이거나 백이거나
음이거나 양이거나
하늘이거나 땅이거나

내안에 있기에
그것을 바라보고 느끼는 나를 잘 다스려야하고
그 본질을 알았을 때.
더 깊은 자유함은
나를 내려놓는 신앙에서 찾게 된다.

그것이 자유함에 약한 나의 모습이다.

#27 죽음에 대한 담대함

넬슨 만델라 & 북한의 장성택

한 주간, 두 사람의 죽음이 전 세계의 사람들에게
큰 메시지를 남겼다.

자기중심성 & 타인중심성
두 관점에서 이들의 결과는 참으로 달랐다.

세상을 감동시키거나 공포에 몰아넣거나.
인간의 마음속에서 나오는데.

그 마음은 결국 죽음이라는 것으로 평가받고
새로운 방향으로 다시 시작된다.

죽음에 대한 담대함이 여기서 온다.
내 죽음에 대한 정의는 그렇다.

죽음에 다시 살아남이 있기에
그것을 넘어설 수 있어야하고
그만한 가치가 있는 삶일 때
죽음은 기쁨으로 다가오며 빛을 낸다.

#28 명쾌함

이른 비와 늦은 비를 아는 농부는 때가 차지 않았는데
곡식에 낫을 대지 않습니다.

많은 청년들을 만나 독서코칭을 합니다.
그들의 깊은 이유를 들어야하고
그들의 때가 차지 않았음에
변화를 말할 수 없는
명쾌함을 알게 해주세요.

명쾌하지 않은 리더.
때때마다 쉬이 움직이고 갈등이 많다.
불확실하고 의심이 많아서 그렇겠지.

우리 사랑하는 리더들
신뢰하고 믿게 해주세요.

그들을 통해 내가 꿈꾸는 세상을 볼 수 있도록
치열하게 명쾌함으로 성장시켜주세요.
그리 해주실 거지요.

#29 가난에 대한 묵상

가난이 죄인가!

먹지 못해 배가 나온 아이들...
팔다리가 말라가는 아이들...
영양실조... 한국엔 듣기 어려운 이 말
말라리아.... 한 알의 약이면 고치는 병
노마병.... 먹지 못해 살이 썩어가는 병

왜 이 땅 아프리카에는 이토록 고통스러운 가난을 주셨나요.
하나님....
메마른 땅... 아프리카...

이 땅에 꿈과 희망을 심기위한 어떤 일들이 있을까요?
2014년,
지금껏 돌아보지 못했던 나의 나눔을 이들에게 집중하리라.

아버지가 돌아가시고 학교의 꿈을 접은 15세 다우다..
6살 동생 우마르를 위해 가장이 되었다.
그러나 아이의 마음은 소중히 간직한 책한 권.

크레아티오는 아이의 꿈을 코칭하고 싶습니다.
가난을 스스로 이겨낼 수 있는 제2의 심장 배움을 버리지 않도록...
꿈을 현장을 만드는 것이 가난에 대한 나눔의 가치임을 묵상합니다.

잠시 그들의 무거운 짐을 덜어주는 일과 함께
가난을 끊어내는 꿈을 잃지 않는 나눔을 만들고 싶습니다.

도와주세요.
하나님,
이 아이들의 꿈이 이들의 미래가 될 때까지
나눔을 실천하게 해주세요.

#30 직면

일상의 직면들에 대해 집중한 하루.
당신은 직면을 하면 어떤 반응을 하는가요!
가장 힘들게 하는 자신의 직면은 무엇인가요!

한계에 직면하는 질문.
그것은 단박에 나에게 곤욕스러운 경험을 주었다.
이제,
함부로 한계에 직면하는 질문을 누군가의 성장을 위해 던지지 않는다.
다만,
그 깊이를 알 수 없는 스승 같은 어른을 만났을 때를 위해 아껴둔다.

전통, 견고함.
무엇이든 해낼 수 있는 오래된 안정적 시스템.
익숙한 일상의 것.
고정된 관념.

직면을 넘어서는 약간의 용기,
그 관계성을 새해에 맺어갑니다.

오래되어 단단해진 땅을 갈아 뒤집는 귀경의 용기가 필요한 세상.

만마디 말보다 깨달음 속에 나오는 다섯 마디를 더 좋아하게 된 나.
그 다섯 마디를 끄집어내기 위해 크레아티오를 시작합니다.

상상하는 인류,
그래서 꿈을 현실로 만들게 된 인간.
그 진화하는 관계를 만듭니다.

#31 믿음시각

마틴루터킹 목사님이 워싱턴디씨 광장에서 50만 명의 사람들에게 강연하는 사진한장.
늘 가슴이 품고 있습니다.

많은 청소년들에게 나눔의 가치와 비전을 이야기 하였습니다.
교사들은 말했습니다.
중학생들은 누워자니 너무 신경쓰지 말라고

창의적이라 생각하는 친구 손들어볼까요?
시작된 끊임없는 묻고 물리는 질문.

아이들은 반응하기 시작했고 누워자는 아이들은 없었습니다.
질문에 답하고 손을 들고 자기표현을 하기 시작합니다.

꿈을 적고 묻기 시작합니다.

생생하게 꿈꾸어라. 현실로 일어날 것이다. R+V=D를 말해주며
크레아티오의 나눔가치와 카다로그를 전달하였습니다.
강연을 마쳤습니다.

끊어지지 않는 박수와 환호성
청소년들이 그것도 소통이 가장 어렵다는 중학생들이 강연에 고마움을 표현합니다.

청소년을 사랑합니다.
그래서 청소년 교육학을 공부했습니다.

많은 청소년들에게 미래의 가치를 나눔비전으로 흘려보내는 일
그것이 나의 첫 번째 꿈입니다.
1,000명의 아이들과 소통의 기적이 일어난 꿈틀거림은 마이크를 들고 서있던
내 앞에 한 친구에서 부터 시작되었습니다.

그 비밀을 알게 되었습니다.
한명의 아이에게 꿈을 심고 한명의 아이에게 친구가 되어주는 것
그것이 나의 두 번째 꿈입니다.

#32 소통하고 흘려보내는 기쁨

하나님께 간구하오니
신성한 물질은 나의 것이며
그것이 늘 주변에 흘러
행복과 건강과 부를 만드는
힘이 되게 해주소서.

늦은 밤까지 진행되는 크레아티오 창의인문독서모임

일상의 삶을 겸손하게 내려놓는 변화가 생성되며
스승을,
부모를,
직장 동기를,
자녀를 섬기는
중용의 도를 깨달아가는 시간들이 넘친다.

신성한 것을 알려주는 공간으로
이 부족한 지하의 작은 센터를
소통하게 해주시니 감사드립니다.

웃음이 있고 행위의 반성이 있다.
이러한 기억은 삶에서 긍정적 경험을
만들어 낼 것이다.

경험이 쌓이면 지식과 기술이 될 것이며
이 기술지식은 신성한 물질로 지혜가 될 것이다.

지혜여... 우리에게로 오라..
그것이 모아지면
어떤 문화를 만들어 낼 것이고

비로소 소외된 아이들을 위해
세상을 변화시키는
출발선을 갖게 될 것이다.

#33 신상을 파는 사람

한 주간 뜨거운 이슈.
짧고 길었던 한 이야기.

상인과 도둑을 보호하는 제우스의 아들 헤르메스.
결국, 신의 장난인가?
인간을 성장시키기 위한 배려인가.

무엇인가 늘 세일즈하는 우리의 삶.
이 시대의 새로운 교육의 신상을 소통하려는
나의 의심에 명확성을 갖게 한 묵상이었다.

결국 절대신에게 보호받을 것이며
그것을 인정하고 순리대로 사는
지혜를 배울 것이다.

사랑하는 창조주의 지혜여.
내게로 오라.
멋지게 세일즈 할테니.

#34 인정받지 못한 자의 본질

고통받는 세상을 위해 신이 선택한 인간, 헤라클레스. 위대한 제우스의 아들.
태생부터 계획되고 인정받아 선택된 신의 아들. 몸도 얼마나 좋은지.

인정받지 못한 자의 생각과 닫힌 사고 헤라클레스의 형 이피클레스.
부모 &공주& 아빠의 사랑을 받지 못한 자.

세상은 왜이리 불공평한가!
몰아주기식 영웅이야기의 최고 걸작 헤라클레스.
제우스가 쏴준 번개와 천둥까지 아~ 부럽구만요.

잠언과 시편은 나란히 성경에 붙어있는데
어찌나 하나님은 둘을 다르게 보여주는지.

세상사 다가진 자의 깊은 슬픔이여.
담대한 창조주의 인정을 못 받은 그대 이름은 솔로몬이라~

우리는 일상에서 타인을 인정하는 커뮤니케이션을 해야겠습니다.

가정의 자녀. 사랑하는 아내. 아끼는 제자와 친구들.

그 소통을 시작하는 한주의 출발이 있기를 기대합니다.

#35 독서란 것이 말이야~

크레아티오 창의인문독서 모임이
갈수록 즐겁고 뜨거워진다.
변화와 혁신이 요동치기 때문이다.

홀로 읽어서는 그 깨달음에 이르지 못하는 깊이가 나오기 시작해서 일까.

지식을 넘어선 지혜의 통찰력이 자기도 모르는 사이에
서로 말하고 느끼며 이야기해주고 있는 모습에 놀란다.

누군가와 이야기를 나누는 스토리텔링을 25년 만에 처음 해보았다는 고백.
나를 꼼짝 못하게 긴장시키는 기분좋은 느낌.
독서코칭이 어린시절 시골에서 신나게 놀던 그 느낌과 같다.
배움이 어두운 방안에 갖혀 있었는데. 자유를 찾아 뛰어나온 느낌이다.
다른 모임에 나가면 본질에 대한 이유를 묻는 사람으로 바뀌었다.
다음 주제인 효가 어떻게 진행될지. 궁금하다.

쏟아내는 반응은 우리가 글을 읽기만 해서 나오는 수준이 분명 아니다.

독서란 것이 이렇게 읽히고 배려하는 가운데 변화해야 그 맛이 나는 건데....

나이 40세에 그 맛을 알았으니.
참으로 기쁘고 슬프도다^^

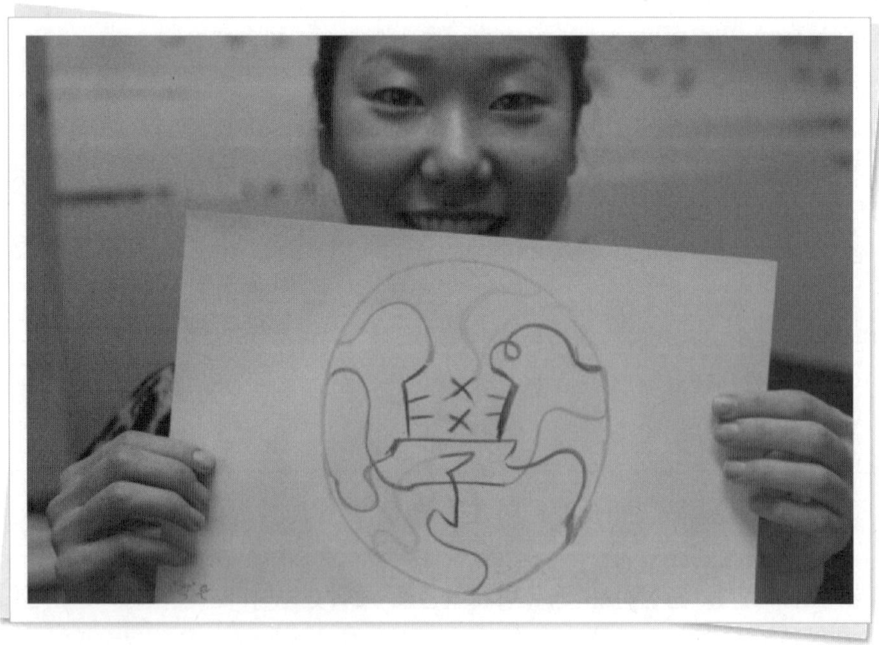

김지혜 창의인문독서교사

#36 자기개발을 끄집어내는 창의인문특강

자기개발을 끄집어내는 창의인문특강
미래리더들의 창의독서법.....

분명 100분 강의로 알고 시작했다.
주일 오후 4시부터 시작된 리더들의 독서법강의.

부족한 강의지만
일상에서 체험한 소소한 경험들이
세상을 이끄는 리더와 리더십을 만드는 힘이 되고
그 힘이 인문학 독서에서 나옴을 설명하고 싶었다.

정관정요의 사우모임처럼
미래시대에 먼저 가 있을 지식청년들의
독서모임인 크레아티오의 나눔 가치를 공유하며
가슴이 뜨거워 졌다.

지혜가 모이면 문화를 만든다.
그 사우문화를 만들기 위해 일상과 소통한다.

전국 대학생 창의인문독서 모임
크레아티오 제1호 대학은 카이스트(KAIST) 과학도들이 될 것이다.

독특한 사고DNA를 갖고 있는 다방면에 역량 좋은 인재들.

창의와 인문과 과학이 융합된 멋진 토론이 4월이면 시작될 것이다.
그리 만들고 싶다.

240분이 흘렀다.
4시에 시작한 강의가 거의 8시쯤 정리되었다.

누구도 집중력 흩어짐 없이
앎을 추구하는 인간의 본성과 본질이 드러난 이번 강연에
참여한 크레아티오의 교육공간속 멤버들이
분명,
이시대의 창의리더가 될 것임을 확인한 하루.

#37 일상의 창의리더로 성장하라

며칠 전 공부와 부를 채근하던 엄마는 아들에게 이런 말을 들었다.

전 가난해도 제가 하고싶은 일을 할래요.
기쁘기도하고... 기특도하고....
아들의 사고에 놀라기도하고....

오늘은 졸업식이 있다.
어제는 중학수업에 마지막 날.
잘 마치고 와라.
아침에 인사말 던졌는데.
오후문자하나 전송받는다.
아빠, 오늘 알바 하고 가요.

날도 추운데.
2시간 킥복싱 전단지를 돌리고
국내최초, 시급6천원 합1만2천원 벌어온 아들.
돈의 가치를 좀 알았을라나.

피자쏴라~ 던진말에 턱도없는 말씀이라는 표정을 짓는다.
자기 이름으로 된 마음대로 저축하고 돈을 인출하는 통장. 오늘 만들어 달란다.
오늘은 졸업식인데. 안중에도 없는지.

아빠는 처음, 대학에 올라가 알바를 시작했는데
얼마나 큰 용기가 필요하고 수많은 생각을 했는지. 그 소심함에 웃었는데.
아빠보다 낫구나.
일상의 창의적인 생산자로 자기의 것을 스스로 만들어가는 실천사고가 말이다.

중학생공부 뭐 있겠니.
마음껏 경험하고 관계를 맺고 마음속에 생각한 것을 해보는 것이 성장기에 큰 공부지.
그래서 내가 뭘 잘하는지 알면 그때 필요한 공부도 시작되겠지.

그것이 내가 창의교육를 통해 키워내려는 일상의 창조주체가되는 리더상이기도 하고
늘 아빠에게 일상을 통해 배움의 핵심을 깨닫게 하는 아들.
고맙구나.

#38 MoMa 현대미술관은 창의보물창고

뉴욕, 42번가부터 엄청난 눈발을 맞으며 아들 지율과 걷습니다.
3Ave w35st부터 5Ave w53st까지

아들이 가장관심을 보인 것은 줄서있는 아베크롬비 매장^^
어쩌랴~

유창한 영어솜씨로 아들은 12불을 내지않고 입장료 무료^^
너무 걸어 박물관 도착 체력고갈~

뉴욕, 사고의 전환을 통한 창의일상들이 슬슬 부럽고 배 아프기 시작한다.

백팩을 맡겨야하는 기다림도 고객을 위한 배려임을 느끼자.
짜증보다 그 시스템에 순응하게 한다.

입구를 지나자마자. 무장해제.
누워보는 영상광장에서 나는 30분을 벌러덩 누워 하늘을 바라보며 스크린에 빠지니
아픈 다리와 바닥난 체력이 채워진다. 참으로 자연스럽고 편안한 광경이군~

내가 좋아하는 아쉴고르끼의 원판작품을 접하다니.
감격. 경이~ 담달 창의특강 때 소개해야지.
보는 작품마다. 우리 창의수업 매체로 연결된 작업이 그려진다.
그간 해오던 점, 선, 면의 추상적인 스토리텔링 작업들이 막 진화하는 느낌.

학문은 변형되어 새롭게 태어난다는 아리스토텔레스의 경구를 느낀다.

어떤 박물관보다 나를 만족시킨 현대미술관^^ 행복~
사진찍지말라고 쫓아다니며 잔소리하는 아들 지율,
어쩌랴. 목숨걸고 찍어야겠는걸.
왜~
우리 창의매니저들에게 알려주고 싶고
그래야 빈민가 아이들에게 창의적인 미래와
공정한 출발선의 교육격차를 줄일 테니까.

정말 즐거운 하루, 환상적인 Saturday ^^

#39 창의인문 여행탐방 - 유태인 박물관에 가다

다니엘 베스컨트가 디자인한 긴 빛,
달그닥거리는 23344개의 유대인얼굴 쇳조각을 밟으며 겸손해지는
인간에 대한 생명존중이 뭉클하게 떠오르는 베를린 유대인 박물관.

오늘은 뉴욕의 유대인 박물관이다.
아들의 브리핑~ 5Ave 92번가. 지하철 4,5호선 로컬타고 96st역에 내리면 되고
자기는 공짜 아빤 12불 내야한단다.

96번가, 여러 사람에게 위치를 물었으나 Jewish Museum 을 아는 사람이 없다.
지하도에서 나왔을 때, 다른 자역의 박물관보다.
왠지 장소도 후미진 (할렘과 가까운)곳에 있다는 생각.

줄선 사람 없고 바로 입장~ 가방 맡기고 관람시작.

봐도 봐도 어두운 그림. 구역별로 개인이 기증한 듯 여러이름의 갤러리가 쓰여 있다.

유대인들의 종교생활, 역사, 문화생활을 고대 이스라엘의 역사에서 현대의 유물까지
2만 7000여점 소장하고 있다. 박물관 자체도 유대인 와버그의 저택,

코란을 참으로 소중하게 관리하고 보관하는구나. 나도 성경 잘 보관해야지^^

안타까운 것은 그곳 관람인들 대부분이 오늘은 유대인과 그들의 2세이며 그 외에 백인들은 거의 보지 못했다는 것.

모든 그림들이 어둡고 섬뜩한 느낌들이다.
이마에 강렬하게 쓰여 있는 Don't call me NIGGA

태어나면서부터 다이에스포라를 경험하며 마음속에 어둠과 아픈 기억들이 충돌하며 끊임없이 싸워온 이들에게 만들어진 창의적 사고가 세상을 이겨낼 유일한 힘으로 승화했는가!

그들 모두를 다 박물관하나로 이해할 수는 없으나 새로운 세상을 읽어내는 사고가 그들의 아픔을 치유하고 미래의 인류를 위해 귀하게 쓰이는 인재이기를 바래본다.

박물관에서 나와 이제 익숙한 지하철을 버리고 버스를 탔다.
나름, 96번가부터 센트럴파크를 끼고 내려오는 시내구경은 그런대로 그만이다.

작년에 한번 와본 62번가 한인식당을 찾아 오랜만에 한국음식에 빠진다.
불고기덮밥, 육계장 ^^ 공기밥 2개 뚝딱^^ 지율~ 아빠 내일 또 와요.

내일은 나름 부자들이 산다는 이스트빌리지에 키엘 본사를 찾아 그 역사적인 스토리에 등장하는 100년 된 나무 앞에서 사진미션수행.

#40 Time difference

다른 공간...
다른 시간...
다른 생각...
다른 관점...

시차로 고생을 하면서 여러가지 생각이 든다.
수십 년간 아침에 화장실을 가고
그 시간에 밥을 먹고
저녁이 되면
새나라의 어린이처럼 초저녁에 잠을 자는데
뇌도 그리 알고 있고

미국에서 온 어제와 오늘
밤 12시에 화장실을 가고
그 시간에 배가 고프고 잠이 오지 않는다.

이미 세상이 존재하는 내 몸에서 새로운 것들이 생성된 기분이다.

서로 다른 공간에 존재하는 것은 내가 아닌가~
본능적인 본질의 내가 아닌 것처럼 느껴진다.
그것에 힘들어하고 있으니 말이다.

사람들은 이것을 시차(time difference) 때문이라고 한다.

사람은 다른 환경을 만들어주면
완전히 다른 사람으로 변할 수 있다는 이야기 인가.

다른 장소에 같은 그림이 걸려있는 공간을 공유하면
늘 그 그림을 본 두 사람은 서로를 알아보고 사랑하고
그 느낌을 공유할 수 있는 것인가!

결국, 같은 생각을 하는 사람은 만나게 된다는
존재의 관계성이 창조적인 생성을 만들어 낸다.

#41 지혜의 설레임이여~

어느 가을
공자에 대해 관심을 갖게 되었습니다.

나의 중심성과 불같은 공격성이 가라앉고
부드러워지며 관계성의 조화를 아끼게 되었습니다.

이러한 울림을 천여 명이 넘게
창의인문코칭이라는 이름으로 깊게 나누었습니다.

나의 간절한 바램은 일상가운데.
조국 대한민국을 이끄는 미래의 리더들을 성장시키고 배출하는
창의교사로써 역할을 그들이 하게 되었으면 하는 꿈을 꾸었습니다.

2014년, 아리스토텔레스의 지혜가 궁금해 졌습니다.
사회정의와 실체에 대한 그의 논리들이 저를 사로잡습니다.
행복한 삶을 정치실현의 궁극적 목표로 두었던 아리스토텔레스.

뉴욕에서의 여행을 통해 보고 들음이 하나의 지혜로 집중되기 시작합니다.
이것은 창의인문독서로 얻게 된 관찰의 세심함이 만들어낸 결과이기도 합니다.

일상의 작은 하나하나의 글과 말,
관계의 경험들이 이미지로 형상화되는 아이디어들로 나타나기 시작합니다.

이 느낌을 또 소통하고 흘려보낼 수 있는 만남이
너무도 기다려지고 설렙니다.

많은 청년들과 나누게 될 문에 대한 답들이 너무도 궁금합니다.

일상의 창조적인 주인공이 되어가는 그들의 모습을 지그시 지켜봐주는
눈빛을 가질 수 있다는 것이 철학하는 삶의 즐거움이자 사유입니다.

블러드문처럼 강력하고 뜨거운 메시지로 이른비의 지혜로움을 느끼는
그 만남이 다가옵니다.

3월 9일 주님주신 주일 창의인문특강을 기다리며...

#42 혁신, 그것은 창의적인 연상

아리스토텔레스의 지식을 이야기했다.

세상에 변하지 않는 것이 있는가?
관념에 형상을 융합시키고
사회정의를 이야기한 최고의 철학자

중용의 덕을 최고의 선인 미덕으로 알고
목적 있는 삶을 행복한 좋은 삶이라 말한 철학자

플라톤이라는 거대한 스승을 넘어서
결국, 그에 사유에 결국 담아낸
아리스토텔레스의 매력에 빠져든다.

이번 특강에는 지난 두달 동안 보여주지 않았던
창의스킬을 융합시켜 보았다.

모든 관념의 정수는 그 손끝에 감관에서 나온다.
1시간 40분의 말과 몸짓으로 전달된 강의는
10분의 창의코칭이라는 거대함에
자취도 없이 사라졌다.

혁신인가.
수천 년을 흘러내려온 철학자의 이야기들을
이해하게 만드는 힘,
그것은 우리가 갖고 있는 관념의 기준에서
벗어난 나만의 기준으로 바라보는 것.

우리는 플라톤의 숫자에 대한 관념의 세상과
아리스토텔레스의 형상화를
다른 세상의 기준으로 끄집어내는데
집중하고 나의 야성을 살려내야 한다.

그것이 가능하다는 것을 보여준
지혜의 깨달음,

오늘 특강은 기억에 평생 남을 듯한
충격적인 시간이었다.

#43 다시 시작하는 힘

사람들은 일을 못해 좌절하거나
돈을 벌지 못해 망한다 착각합니다.

따듯한 위로와 적절한 커뮤니케이션을 통해 공감과 안정을
받지 못하기 때문임을 알지 못합니다.

누군가의 아픔을 위로한다는 것은
참으로 어려운 일입니다.

내가 바로 서지 못하면
상대의 상처는 그대로 내게 들어옵니다.

그래서 젊은이들에게 저는 꿈과 미래를 묻습니다.

과거에 지나가버린 아픔이 잊혀진 듯하지만
현재에 내 결정에 영향을 미치고 그것이 내 미래를 만듭니다.

그래서 창의적인 시각은 과거와 현재와 미래가 한 공간에
다 존재한다는 것을 인지해야합니다.

아픔에 철저하게 대항하고
나를 보호하고
또 나를 사랑해야합니다.

그 직면에 서서 힘들더라도
담대히 다시 시작하는 용기를 내야할 것입니다.

그래야
미래에 내가 현재에 존재하게 되는 것입니다.

#44 지혜를 커뮤니케이션 하라

2014년부터 시작한 크레아티오 창의인문독서모임.
매주 만나는 50~60명 독서의 대가들~

현재, 이들은 내 삶에 중요한 가치를 묻고 답하게 하는
커뮤니케이션을 생성시키고 존재하게 만든다.

아픔을 나누고 기쁨을 꺼내고 일상을 이야기한다.

쉽지 않은 관계의 깊이를 갖게 하고 모임의 매력에 빠지게 한다.

거칠던 지식들이 정리되고 지혜로 성장하며
그것을 나누고자 준비되는 모습은
하늘에 보물을 쌓는 일처럼 독서를 설레이게한다.

우리의 첫 미션 40주의 관계를 맺어낸 후
펼쳐지게 될 나눔의 시작은
조국 대한민국과 세상을 향해 지식을 구하는 미래교육을
다시 시작하는 혁신으로 표현될 것이다

나는 공자의 논어를 처음 만나 읽으며 동시에 이런 꿈을 꾸었다.
이것이 인문고전을 읽으며 소통해야할 성장 동력인 것이다.

아직도 독서를 하면서
무엇을 목적으로 해야 할지 모르는 청년들이여.
크레아티오로 오라~

열심히가 아닌
최선을 다하게 되는 독서로
자신의 향기를 찾게 될 것이다.

#45 효가 춤을 춘다.

창의인문독서 모임 크레아티오의 토요모임이 8주차 '효'
창의독서코칭 4주차 드로잉수업이 있었다.

효를 다각적으로 보기 시작하는 모임 회원들의 창의성이 대단하다.

독서의 깊이가 창의성의 소통에 화합을 가져온다.

정말 많이 웃고 느낌을 공유한 오늘 효 토론~.
이렇게 유쾌한 효~
한번 실행해볼까요.

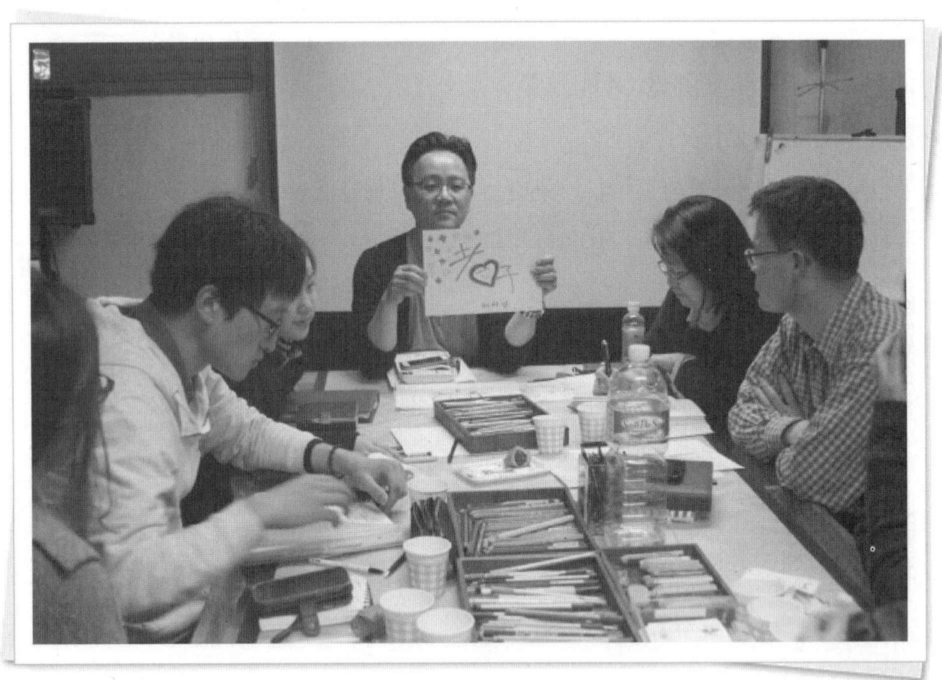

#46 나는 벼랑 끝에 서 있습니다.

나는 결심만 했지 행동으로 연결하지 못했습니다.
나는 벼르기만 했지 도전으로 옮기지 못했습니다.
내 내면에는 뭔가 잘못된 것이 있습니다.

나는 해보고 싶은 것을 다 해보았습니다.
그러나 벼랑 끝에 서 있습니다.

세상은 두개의 길이 있습니다.
진지하게 살면 넘어집니다.
그렇지 않으면 고립됩니다.
과연, 어떻게 가치 있게 살아야할까요?

살면서 겪게되는 많은 일들에 어려움을 갖게 됩니다.
그것은 마음속에 두려움이 있어서 입니다.
어렵다는 것은 두려움이 있다는 것입니다.
우리는 그것을 넘어서지 않으면 안됩니다.

커뮤니케이션이 어렵다고 느껴지나요.
어려움과 두려움은 불신에서 옵니다.
아무리 능력있는 자도 두려움이 생기면
움직이지 못하고 정지해 버립니다.

벼랑 끝에 선 우리의 느낌은 두려움이라기보다
생명을 느끼는 내 능력의 확신을 믿고
행할 수 있는 커뮤니케이션의
좋은 기회라 생각해보세요.

결국, 내 마음의 적인 약함에 직면하고
벼랑 끝에 서게 할 것입니다.
그것은 더 큰 능력을 찾아 행동을
실행하게 할 것입니다.

그러므로 미래의 내 소통에 힘을 부여해서
벼랑 끝에 서는 내게 직면하기를 바랍니다.

그 혼 돈속 저항과 핍박과 두려움에 물러서지 말고
앞으로 나아가시길 바랍니다.

그러면 안락하고 익숙한 것들에 머뭇거리지 않는
창의적 리더가 될 것입니다.

#47 햇빛과 달빛의 이원론에 빠지다

태초에 아무것도 없었다.
창조주가 빛이 있으라 하시매 빛이 있었고
보시기에 좋았더라.

인간의 자유의지로 선악과를 먹고
가인을 조상으로 섬기는 인간들의 혼돈!

인간은 위대하며 통제할 수 있고
스스로 모든 것을 결정할 수 있다.
생존하기 위한 그들의 가치.

결국,
노아의 방주로 심판받고
새로운 출발선을 만든다.

끊임없이 유혹하는 자유의지!
일상의 유혹과 닮아있다.

어떻게 살 것이며
무엇을 먹을 것이며
무엇을 입을 것인가!
염려하는 인간들의 마음을 파고드는
자유의지의 강력함이 계속 나를
뜨겁게 만들었다.

생존인가? 생명인가?
햇빛과 달빛 어느 것이 좋은 빛인가?
하나를 결정하게 하는 이세상
나와 방향이 다르면 적이 되는 이원론.

조화와 관계성을 사랑하는 우리는
하나의 마음 안에
생존과 가치를 존재하게 균형을 맞추는
창조주의 주권에 집중한다.

#48 꽃비가 내린 아침의 묵상

하나님의 아들 지율, 아슬아슬한 등교는 계속되고 (등교 30분전 기상^^)
잔잔한 아내와의 뼈있는 대화도 정겹고 오늘도 일상은 시작된다.

살다보면 엄청 부자도 만나 부럽고 또 살다보면 깊은 사고와 지혜자의 매력에
배 아파 닮아보려고 안간힘쓰는 열정이 있어 내가 사랑스러운데.

그런 나를 알아주는 사람도 만나고 내가하는 말이 무슨 말인지
소통이 안 되는 사람도 만난다.

강원도 감자의 진한 맛을 보여주는 감미로운 향기녀도 있고
안에 것을 맛나게 익혀주려고 자기를 태운 진국남도 있다.

그 내면을 보지 못하면 탄감자의 매력은 세상구경을 못하고...

결국 우리 삶은 그리 못난 사람도
그리 잘난 사람도 없는
하나의 맛을 내주는 감자전일 뿐인데.

그대여,
잘 익은 강원도 속감자의 맛을 알고 싶은가!
탄 감자들과의 소통을 이해하라~
그런 배려를 하지 않는다면

곧 탄 감자들이 보여주는 조직의 쓴맛을 보게 될 것이다.

우리는 세상과 소통할 때 모든 사물이 보여주는
양면성의 교집합과 접점을 봐야한다.
보이는 것 뒤에 존재하는 것

#49 명쾌함의 함정

갈등이 두려운가!
상충되는 두개의 문화가 힘이 드는가!
아니면 모호함이 불안한가!

인문학적 통찰력을 원한다면
직면을 즐겨라!

미래에 먼저 가 있는 리더가 되기를 원하는가!
상충된 사고의 모호함을 즐겨라!

명확한 자신의 의견과 사고를 밝히는 순간
우리는 다양한 답을 잃게 될 것이다.

직면은 해결하는 것이 아니라.
즐기며 견디는 것이다.

분명해지는 순간을 두려워하고
조심하라!

숫자의 관념적 사고는 우리의 추리사고를
높여주지만 명쾌한 답이 나온 이후엔
더 이상 그 추리력은 생성되지 않는다.

왜?
명쾌한 답을 찾았기에~

우리는 답을 말하는 인재보다
답을 묻는 인재의 비율을 어떻게 높일 것인가가
세상을 바꾸는 시대에 살고 있다.

듣고 묻는 일이 집중할 일이다.

#50 창의뇌를 깨우는 커뮤니케이션

드디어 오늘.
지난 한 달 동안 집중하며 내 몸속에 넣어보려 안간힘 쓴 단어.
그것이 우리 매니저들과 잘 소통되기를 그로인해 독창적인 화합이 있기를~

나는,
소통의 창의뇌를 흔들기 위해

끊임없이 가족들과 소통하고~
지방에서 올라오는 교사들을 이해하기위해
지방에 창의코칭을 잡았으며~
수학에 심취했고~
과학에 빠졌으며~
40년 전 뛰어놀았던 그 공간을 보고
35년전 친구의 느낌이 무엇인지? 느끼기위해
단숨에 춘천으로 달려갔다.

TV로만 보던 케이팝3의 인파속에 줄을 서고
소통의 질량을 빛의 속도로 끄집어내주는
운동으로 땀을 3간씩 흘렸다.

가족과의 소통은 제일 어려운 직면을 맞았고
노는 것 다음으로
가장 재미있는 수학을 발견했고
과학하는 사람들의 매력에 빠졌으며
지식과 지혜를 소통하는 춘천의
35년 지기 든든한 친구가 생겼다.

버나드박의 울림을 마음으로 받았으며
공간이 내게 주는 사고의 휨현상을 이해하게 되었다.

저마다 다른 소통을 갖고 있지만
이 얼마나 아름다운 것인가!
그 자체의 향기를 알게 되었으며
삶을 소중히 사랑하며 살아야
하는 이유를 느끼게 되었다.

오늘
사랑하는 창의인문독서 매니저들과
이것을 나눈다.

아~ 더 없이 기다려지는 그 소통의 순간이여~

#51 한결같은 미소

많은 인연들이 다가온다.
나를 다듬고 더 바라봐야지.
더 큰 세상의 지혜를 봐야 그들을 배려할 수 있겠지.

사람이 귀한 때이다.
어떤 때는 내게서 떠나는 그 한사람이
모든 것을 무너트리기도 한다.

늘 한곳에 서서 떠나보내는 것에 익숙해진 10년
가는 것을 바라봐야하는 리더의 고통은 깊다.

그 사람의 향기가 짙을수록 여운은 오래간다.
자신의 아픔은 의연하게 누르고
미소와 웃음으로 타인을 배려하는 사람.

지독하게도 웃어 대더니
여지없이 예상은 빗나가지 않고
깊은 아픔이 자리 잡고 있다.

욕이라도 해야 하는 세상인가!
삭여야하는 인(仁)이 필요한 것인가!

몸과 마음이 급해도 화장실 가는데 100년 걸리는
한 길 인생 달팽이의 걸음처럼 참고 견디며 버티어야지.

감내하고 이겨내서 넘어서기를 바라며
한결같은 미소로 내게 깨우침을 준
사랑하는 나의 제자에게 고마움을 전하며~

#52 예를 나눌 벗

예는 어디서 시작되는가!
안에서 나오는가?
밖에서 들어오는가?

사람과의 경계에서 드러나는 예.
건강한 경계선으로
공동체를 잘 만들어가는 관계성을
열매로 만난다.

그래서인지 근본 본성이 예를 가름하는 핵심이 된다.

나의 10대에 예는 별과 같았다.
멋지게 빛나는 때가 많았지만
뾰족하여 갈등도 있었다.

그러나 나의 40대에 예는
곡선이다. 지혜롭고 유연하고
모나지 않은 배려.

나의 60대의 예는 한 개의 점이다.

아메바의 헤모처럼
평상시에는 헤쳐 있다가
필요한 상황에는 본능적으로 모이는
동물적 위치본능.

작지만 모이면 선을 만들고
면을 만들어 접촉점을 넓혀가는
기본이 될 것이다.

오늘, 논어의 예에 대한 정신적 면모를 나눌
벗이 있어 행복한 하루.

#53 둥근 인(仁)이여

유자가 말했다. 효성스러우며 공경스러운 사람은 윗사람을 해하지 않으며
나라에 난을 일으키지 않는다.

그러므로 군자(君子)는 늘 그 근본을 견고히 해야 한다.
견고해진 근본은 인(仁)하여 도(道)를 만드는데.
그 인의 근본이 효(孝)와 제(弟)이다.

무언가 증명해내는 앎의 추구를 인간 존재의 본질로 말한다.
그렇게 앎을 좋아하고 사랑한다.

누군가는 이러한 증명이 정말 귀찮아 묻지 말고 사용하자! 하여
유클리드 기하학의 공리를 만들었다.

점과 점이 만나는 직선은 언제나 하나이다.
가우스와 리먼이라는 사람은 비유클리드를 주장했다.
평면사고의 한계를 뛰어넘는 입체사고에서는
이 두개의 점이 무수히 만날 수 있다고~

어려운 인~ 실천하기는 더 어려운 인~
그러나 인을 효와 제의 두 점으로만 본다면 그 길은 하나이고 그것을 위해
꾸준히 노력해야할 것이다. 일상에 다른 시각을 갖는다는 것은 이렇게 중요하다.

창조주는 견디지 못할 고난은 주지 않는다고 했다.
그러나 일상에 힘든 고통이 얼마나 많은가!
특히 인을 실천하기 위한 관계에서 말이다.

고난을 고난으로 보지 않는 남다른 시각이 초월적 관점인데.
이것을 가진자는 인을 실천하는 두개의 점에서 남과 다른
독창적 사고의 크레아티오(창조)를 끊임없이 생성해 낼 것이다.

그런 사람은 일상에서 시간의 밀도 것이 생긴다.
마음속 모든 지혜로 꿈꾸는 미래 세상에 생각보다 먼저 가있는
혁신가로 성장해 있을 것이다.

#54 변화와 혁신의 핵심은 틀 안에 있다.

세상을 보는 본질
그것은 내 마음에서 시작된다.

그 마음(틀)이 조직화되어 있으면
작은 것이 정성을 갖게 되고 세심함으로 일상을 보게 된다.

똑같은 일상이 다르게 보이기 시작하면
변화가 오기 시작하고
우리는 전략과 비전을 갖게 된다.

결국 비전을 어떻게 소통시키고
유지하느냐가 나의 틀이 될 것이다.

나의 틀.
어떻게 유지시킬 것인가!
앎의 구함에 늘 깨어있어야 하고 캐물어야하고
의식과 무의식의 차이를 구분하며
쌓여가는 지식과 지혜에
집중하고 주목해야한다.

혁신적인 아이디어의 시작은 생각의 틈새에서 시작하며
틀에 틈새를 만드는 것에 있다.

이 틈새는 본질을 묻는 질문으로 생성된다.
그렇게 질문을 받은 틈새는
세상과 바꿀 수 없는 가치를 만들어내고
틀을 바꾸어 버리며 혁신을 성장시킨다.

변화할 것인가.
기존의 틀로 버틸 것인가.

이제 직면해야할 것이다.

#55 세상에서 가장 아름다운 공식과 예(禮)

레온하르트 오일러(Leonhard Euler, 1707-1783)의 오일러공식과
공자의 예(禮)에 융합시키는 창의인문독서코칭이 진행되었다.
어려서부터 수학에 뛰어난 재능을 보인 오일러는 직관을 가지고 수학의 문제를 꿰뚫어
새로운 문제해결을 이끌어 내는 '오일러식 사고'를 만들어냈다.

스위스의 수학자, 물리학자, 수학, 천문학, 물리학, 의학, 식물학, 화학 등의 분야에 걸쳐 광범위한 연구를 한 천재수학, 물리학자로 후에 시력이 나빠졌으며 태양관측연구로 완전히 시력을 잃어 장님이 됨, 이후에도 천부적인 기억력과 강인한 정신력으로 연구를 계속함.

세상에서 가장 아름다운 오일러의 공식을 접하며 생각에 잠긴다.
실수와 허수와 복소수의 만남
그것으로 상상속에 있던 것을 현실로 끄집어낸 오일러공식

오일러의 공식 : $e^{it} = \cos t + i \sin t$ (단, i는 허수 단위이고, t는 실수)

예와 오일러 공식의 융합문장

1)잘 행(行)한 예(禮)가 갈등을 막는다.
2)관계의 밖에 무관심을 사랑으로 만드는 원리
3)예(禮)는 어릴적에 배우는 것이 좋다.
4)일상에 잘 보이지 않는 예와 허수를 무시하면 관계성에서 큰 상처를 입는다.
5)막연한 갈등과 문제를 해결해주는 도구
6)전혀다른 구성원이 모여 하나가 되는 것이 예(禮)이다.
7)다양성을 존중하는 예는 아름다운 열매를 맺는다.
8)실천(형식*생각) = -불행
9)지행합일 = +예
10)머릿속로만 그리던 것을 실천해야 예(禮)가 된다.
11)예는 모든 관계성에서 존재하는 형식이다.
12)공동체의 희생이 예이다.
i
복소수 (a bi) : 결과물, 열매, 상상력, 위치가 이동된 결과물, 실현된 꿈
정수 a : 환경, 고정관념, 익숙한, 고마운 친구, 윤리도덕, 노력이 필요한 수
허수 bi : 엉뚱함, 생각을 비튼다. 생성과정이 다른, 변화, 혁신, 병리적현상, 현실도피,
감초 - 색깔과 맛과 향을 내는데 필요한 것이다.

Epilogue 창의인문독서 컬럼 - 학(學)

학(學)의 의미를 찾아서

이 시대 우리나라에선 모두가 너나 할 것 없이 유아 때부터 정해진 순차대로 교육을 받는 것이 당연한 풍토가 되었다. 여기서의 교육은 진정한 교육인 것일까.

학생시절 부모님 말씀을 잘 듣고, 친구들과 사이좋게 지내며 성실히 학교를 다녀 좋은 성적으로 부모님 기쁘게 해드려 가족이 행복해 지는 것. 그게 전부였던 사람이 있었을 것이다. 학생이었던 그 당시에 누군가가 그에게 학에 대해 물어보았다면 '선생님이 가르쳐주는 것을 외워서 시험을 잘 치르는 것이 아닌가요?' 라는 답변을 했을지 모른다.

공부해야 하는 이유는 공부해서 부모님을 행복하게 해야 하니까. 모든 의미가 분리되어있고 단순하다. 과거 나의 학생 때 모습이다. 지금도 나는 학에 대해 똑같은 생각을 갖고 있을까?

學而不思則罔 , 思而不學則殆 (학이불사즉망, 사이불학즉태)

배우고 생각하지 않으면 어리석어지고, 생각만 하고 배우지 않으면 위태로워진다.

논어 위정편의 공자 말씀을 읽은 이후로 '학'에 대한 여러 생각 끝에 그 의미를 정리하게 되었다. 앞으로 누군가 나에게 '학이란 무어라고 생각하나요?' 라고 물어보신다면, "제가 생각하는 학이란, 학 속에 삶이 있고 삶이 곧 배움이고, 배움은 삶을 살아가는 지혜의 지평을 넓혀가는 것이라고 생각합니다."라고 과거와는 다른 답변을 내놓지 않았을까 싶다.

지금도 한국 여러 곳곳의 학생들은 열심히 과거의 내 모습처럼 공부에 전념을 하고 있을 것이다. 미래를 이끌어나갈 우리나라 학생들이 그전에 진정 내가 왜 공부를 해야 하는지 학에 대한 참의미를 알고, 배움에 대한 고찰로 학에 대한 시각을 바꾸어 진정 자신이 원하는 것을 찾아 모두가 무지개와 같이 알록달록 본인의 개성과 재능을 높이 사는 문화로 만들어 나간다면 그 것이 개인의 '학'에 빛을 밝혀주는 길이 되지 않을까?

최미령 창의인문독서교사

Epilogue 창의인문독서 컬럼 - 학(學)

학(學)의 매력

자고 눈뜨면 세상 사람들과 만남이 시작되고 그 순간부터 배움이 있게 된다.
논어 술이편 21장에

子曰 三(삼)人(인)行(행), 必(필)有(유)我(아)師(사)焉(언).
擇(택)其(기)善(선)者(자)而(이)從(종)之(지), 其(기)不(불)善(선)者(자)而(이)改(개)之(지)

이 말은 "세 사람이 길을 걸어간다면 그 중에 반드시 나의 스승이 될 만한 사람이 있다. 그들에게서 장점을 본받고 단점은 가려내어 나 자신을 바로 잡는 것이다." 이렇듯 옛 선인들은 타인에서 본받을 부분이 있으면 나이에 상관없이 타인의 장점을 받아들이려고 한다. 이는 내가 한 단계 발전할 수 있는 방법이라 생각했기 때문이다.

하지만 지금의 현실은 어떠한가? 이렇듯 타인의 장점을 본받으려 하는 사람이 과연 몇 명이나 있을지 의문이다.
이 시대는 경쟁시대이다. 현대 사회의 수많은 경쟁 속 사람들이 서로서로 본받으려 하지 않고, 스스로를 자만하며 떳떳해하는 사람들이 많이 있으며 또, 옆에 있는 친구를 경쟁상대로 생각해서 서로 견제하고 짓밟고 일어서려하고 있다. 과연 이것이 참된 학의 모습인지 묻고 싶다. 참된 학이란 항상 스스로를 낮춰서 타인을 존중해주고 서로 좋은 점은 본받아 실천을 하고, 좋지 않은 점을 바로 잡아 내 것으로 만드는 것이라 생각한다.

학창시절 나는 잘 웃지 않는 아이였고 친구는 항상 밝고 잘 웃는 해피바이러스를 가진 아이였다. 항상 무표정한 내 모습이 싫고 항상 웃고 있는 그 아이의 모습이 너무나 좋아서 집에서 거울을 보고 웃는 연습을 한 적이 있다. 또 사람들이 나를 보면 기분이 좋아지게 만들고 싶어서 연습도 많이 하였다. 그랬더니 조금씩 변한 얼굴이 보이기 시작하였다.
이렇듯 자신의 노력과 의지만 있으면 자신을 변화시킬 수 있는 것이 학이라고 생각한다.

또 독서코칭 2주차에서 배운 이솝우화 "신상을 파는 사람"에서 나는 한 가지 배운 점이 있다. 그것은 생각하는 관점에 따라 이해하고 느끼는 점이 다르다는 것이다.
어떤 관점에서는 수많은 물건들 중에서 잘 팔리지도 않는 신상을 파는 모습을 보고 장사에 능숙하지 않고 상도를 잘 모르는 어리석은 사람으로 보이고 또 다른 관점으로 상인이 아니라 조각가로 생각하면 어설프지만 장사에 도전하는 사람으로 보이기 때문이다.

이렇듯 생각에 따라 학은 우리에게 고정관념을 버리게 한다. 또한 우리는 학을 보인 그대로 보고 생각하지 말고 뒤집어 보고 옆으로 생각한다면 창의적인 학이 나올 거라 생각한다. 나도 이제부터는 고정관념에서 벗어나 더 새롭고 진취적인 학을 실천해야겠다. 이것이 진정 우리가 알고 배워야하는 "학"의 매력이라 생각한다.

양수진 창의인문독서교사

Epilogue　창의인문독서 컬럼 - 학(學)

멈출 수 없는 배움

배움의 길에 완성이 있을까요

공부가 직업이었던 학생 때를 제외하고는 대다수가 공부의 필요성을 크게 느끼지 못하지 않았을까요. 허나 빠른 속도로 변해가는 현대사회의 다원화와 다양성을 체험하면서 배움에 끝이 없다는 생각들이 많아지시는 듯합니다.

언제, 어디서, 누가, 무엇을, 어떻게, 왜 배워야 하는가를 곰곰이 되짚어보게 됩니다.

혹자는 알아가는 과정, 깨우쳐가는 과정이 즐거워서 배움의 길을 가게 된다고 합니다. 아마도 인식욕에서 비롯된 순수학문의 세계로 들어가게 되지 않을까 싶습니다. 또 다른 분들은 본인이 추구하는 더나은 직업의 세계에 발을 딛기 위해 힘들고 어려워도 묵묵히 학업에 매진하지 않을까 요. 아마도 실용주의적 사고의 세계로 가게 되지 않을까 싶습니다.

저는 많이 살아오지도 않고 학문의 대가도 아니기에 감히 배움을 논하기는 어려우나 배움은 실생활을 영위하는데도 도움을 주고 삶의 지혜도 순간순간 깨우치게 도와주는 길이라고 여겨집니다. 순간순간 머릿속에서 정리되지 않는 생각과 사고의 실타래들이 책을 읽고 정보를 탐색하는 과정에서 번득이듯이 깨달음을 줄 때가 있었음을 경험하지 않으셨는지요.

또는 직업의 세계에서 풀리지 않던 문제풀이 역시 책과 정보탐색을 통해 시원하게 해결됐던 경험을 하셨을 겁니다. 이렇듯 실생활에의 적용에 관해 논어의 19편 3장에서 유추해 볼 수도 있습니다. (벼슬살이를 하고도 여력이 있으면 배우고, 배우면서도 여력이 있으면 벼슬살이를 할 것이다.) 아! 이래서 계속 끊임없이 알고 배우고자 하는 욕구가 살아있어야 함을 느끼게 되지요.

한편 인간은 사회적으로 인간관계를 맺고 살아가야하는 존재라고 하지요. 인간관계에는 따뜻한 온기와 생동하는 정감이 어우러질 때 서로에게 만족스러운 경험을 갖게 해준다고 합니다. 말과 글로 배워서 알아가야 상대방과 의사소통 할 수 있는 첫걸음이 된다는 점을 논어 20편 3장에서도 유추 해석해 볼 수 있습니다. (천명을 알지 못하면 군자가 될 수 없고, 예를 알지 못하면 입신 할 수가 없고, 말을 알지 못하면 사람을 알 수가 없다.) 의사소통이 이루어지는 것이 인간관계에서의 시작이라고 볼 수 있으며 더 많이 배우면서 알아가는 과정에서 인간관계가 풍요로워지고 돈독해질 수 있으며 꾸준히 정진하여 풍성한 배움과 실천속에 정서적으로도 평정심과 온화함을 두루 갖춘 군자의 길로 나아갈 수 있음을 역시 논어 20편 3장에서 유추해 볼 수 있다고 생각합니다.

지식도 인간관계도 꾸준한 배움의 정진 속에서 깨달아갈 수 있다는 점을 강조하고 싶네요.

항상 어느 곳이나 누구에게나 어떠한 소재라도 꾸준히 배움의 자세로 임하는 태도가 삶을 지혜롭고 가치있게 만들어 갈 것이라 생각합니다.

오늘도 겸허하게 배움을 생각하며 실천해 보시지 않으렵니까?

한성희 창의인문독서교사

Epilogue　창의인문독서 컬럼 - 학(學)

'학(學)'이라는 것을 독자들께서 살면서 한번쯤은 혹은 평생 깊은 성찰(省察)을 하였던 것 아닌가? 산으로 들로 나갈 때면 하얀 날개를 달고 하늘을 유유히 날아다니는 '학(鶴)'을 보면서 독자들께서 무엇을 느꼈는지는 각자 다를 것이다.

나는 유년시절 마을 친구들과 함께 소를 데리고 풀 먹이러 논둑 밭둑길을 돌아 다니며 혹은 강아지풀을 뽑아서 곤충들을 잡아 꿰어 달고 노닐 때에 혹은 학교를 가다 오다 문득 하늘을 보노라면 하얀 날개를 활짝 펴고 날아다니는 '학(鶴)'의 날개 위에 앉았으면 어떨까 생각을 해 본적이 있다.

그러나, "학(鶴)'의 위에 앉을 수도 사람의 몸에 학의 날개를 달고 하늘을 날 수도 없다. 하지만 그렇게 할 수도 있겠다는 창의를 가져야한다. 그 창의가 성공을 하려면 "학(學)' 즉, 배움이 있어야 한다.

《논어》「學而」편에 "학이시습지불역열호"라 하였다. 배우고 때때로 익히면 기쁘지 않겠는가? '학(學)'은 기쁨이 있어야 한다. "하문(下問)" 모르면 대상이 누구이든 물으라는 것이다. 겸손(謙遜)이다. '학(學)'에 겸손이 따르지 않으면 위험하다. '학(學)'의 불손(不遜)으로 많은 인류의 전쟁과 자연의 파괴가 있었다.

펜(Pen)의 기준이 벗어나서 만들어낸 오보와 거짓됨으로 인한 역사의 왜곡(歪曲) 또한 그렇다. 숨겨진 '학(學)'의 진실 속에서 신의 사랑과 자비를 거역한 사건들도 많다. 수많은 선지식(善知識)들이 한결같이 말씀한 것으로, 배워 행동으로 옮겨지지 못하고 역행하여 일어난 무수한 사건들이 있기에 편안함이 불편함이 되었다. 몸과 마음과 머리가 조화롭게 이루어져야 하는 '학(學)'이 머리의 '학(學)'으로만 진행 되는 현실이다. "학(鶴)이 날개를 펴서 당당히 하늘을 나는데는 자연의 순리에 따르는 엄격한 "학(學)'의 질서가 있는데 그 질서에 어긋나지 않기 때문이다.

'학(學)'은 《이솝우화》에 나오는「신상을 파는 사람」에서 마지막 구절
"나는 당장 도움이 필요한데 신은 이익을 주려고 서두르시는 법이 없기 때문이라오"
서두르지 말자.

'학(學)'은 '학(鶴)'이 태어나서 날개를 펴고 날아오르는 과정이다. 즉, 자연의 섭리를 무시하고 막무가내로 급진전하는 "학(學)'은 말 그대로 서두르다간 본전(本錢)도 없다.

이정구 창의인문독서교사

Epilogue　창의인문독서 컬럼 - 효(孝)

효도 연습이 필요하다

핵가족을 넘어 1인 가구가 늘어나며 고독사, 노인 자살, 병자를 돌보다 동반자살을 하는 경우가 많다. 뉴스에서는 효사상의 부재와 현대사회에서 효만 강요하는 것은 불합리하다는 의견이 대립된다. 또 개개인의 효에 기대기보다는 사회적인 안전망을 확대하자는 의견도 있다.
옛날부터 우리는 동방예의지국이라며 효에 대한 강요 또는 무의식중에 부모에게 효도해야 한다는 사상이 있다.

조선시대만 하더라도 평균수명이 길지 않고 한 지역에 오랜 기간 대대로 살아 왔기에 부모를 공경하는 효는 개인적인 차원에서도 이루어졌지만 마을 전체에서도 행해졌다.
아이들은 부모로부터, 그리고 마을 어른들로부터 효를 배울 기회가 많았다.
현대 사회는 개개인이 단절된 삶을 살다보니 타인과 접촉하는 시간도 적고 가족과 만나고 대화하는 시간은 더 적다.
이런 상황에서 효를 실행하기는 힘들고, 자라나는 아이들에게 효를 가르치기도 힘들다. 효도 연습하지 않으면 행하기 힘들다.

子遊問孝, 子曰今之孝子, 是謂能養　至於犬馬, 皆能有養, 不敬, 何以別乎.

요즘 효라는 것은 잘 먹이는 것을 이르더구나. 개나 말에 이르러서도 다들 먹이기는 한다. 공경하는 마음이 없다면 어찌 구별할 수 있겠는가? 공자께서는 공경하는 마음이 없으면 효가 아니다 라고 말씀하셨다. 그러나 사랑에도 연습이 필요하듯, 효의 실행에도 연습이 필요하다고 생각한다. 지금의 아이들에게는 효를 시행해볼 기회도 없다. 가족과 함께 식사하는 시간도 부족하여, 어른들과 밥을 먹을 때 기다리는 것을 못하는 아이들.

아버지가 들어오셨을 때 인사하는 것도 모르는 아이들. 자기방청소, 집안일 돕기조차 못하는 아이가 많다. 대가족이 함께 살던 시대에는 어른들과 함께 밥을 먹고, 함께 일을 했기 때문에 어른들의 말과 행동을 모방하며 자연스럽게 효를 배워나갔다.

하지만 현대에는 모방할 대상조차 없다. 이런 상황에서는 억지로라도 효를 연습시켜야 되지 않을까. 거창한 효의 이념을 들먹이는 것보다 인사하기, 자기일 잘하기, 높임말 쓰기 등과 같은 작은 것부터 연습해나가는 것이 중요할 것 같다.

공자께서는 "마음을 먼저 바르게 하고 효를 행하라." 라고 하였다면, 나의 생각은 "행동을 먼저 바르게 하고 마음을 길러라."이다.
무엇이 먼저인가는 닭이 먼저인가, 달걀이 먼저인가의 문제와 같지 않을까.

한지효 창의인문독서교사

Epilogue　　창의인문독서 컬럼 - 효(孝)

효(孝)를 행(行)해아 학(學)이 가능하다.

齊景公問政於孔子。

孔子對曰：君君，臣臣，父父，子子。

公曰：善哉！信如君不君，臣不臣，父不父，子不子，雖有粟，吾得而食諸？

제경공이 공자에게 정사에 대해 물으니, 공자께서 대답하시길, " 임금은 임금답고, 신하는 신하다워야 하며, 아비는 아비답고, 자식은 자식다워야 합니다." 경공이 말했다. "좋은 말이오! 참으로 임금이 임금답지 못하고, 신하가 신하답지 못하고, 아비가 아비답지 못하고, 자식이 자식답지 못하면, 비록 곡식이 창고에 가득 있다한들 내 어찌먹을 수 있겠소?

묻고 싶다. 현 시대 사람들에게, 그리고 나에게, 가정에서 너의 위치가 어디냐고 묻고 싶다. 부모님 머리위에서 위태롭게 앉아 있는 내 모습이 보인다. 내 스스로 부끄러워 물을 수 없는 질문, 자유민주주의라는 미명아래 하늘같은 부모님에게 평등과 공평을 원하고 있다.

부모님의 권위, 나는 지금껏 그 권위를 세워 드린 적이 없다. 당연히 그 누구보다 두려워하며 존경해야 하는 그 분들에게 교만한 나는 자식으로서의 자리를 찾지 못하고 있었다. 지금껏 부모님의 자리와 내 자리를 구별하지 못했던 나는 방황의 삶이었을 뿐. 가슴이 너무 답답했다. 내 인생의 시작은 지금부터라고 말하고 싶다. 현재 정말 찾아야 되는 위치를 찾았기 때문이다.

배움에 뜻을 두지 않고는 능히 책을 읽을 수가 없다 배움에 뜻을 두었다면 반드시 먼저 바탕을 세워야 한다.

바탕은 무엇인가, 바탕이란 내가 이 이 일을 하면 부모님이 기뻐하시겠지 하는 마음이 저절로 우러날 때 가야할 길의 방향이 정해진다.

모름지기 먼저 힘껏 효제를 행하여 바탕을 세운다면 학문은 저절로 젖어들게 마련이다.

학식은 안으로 쌓이고 문장은 겉으로 펴는 것이다.

기름진 음식을 배불리 먹으면 살가죽에 윤기가 나고 술을 마시면 홍조가 띈다.

<격몽요결> - 이이

소순탁 창의인문독서교사

Epilogue　창의인문독서 컬럼 - 군자(君子)

살아가면서 군자라는 단어로 생각해본 적이 내 일상에서는 많지 않다.
군자의 이미지를 떠올릴 인물도 많지 않았다.
쉽지 않고 낯선 단어 "군자"
단어의 뜻을 찾으며 1주, 2주 생각해보았다.
옆에 두고 보면 허물이 보이고 부족함을 담게 된다.

요즘 같은 세상엔 빠른 정보공유로 보지 않은 허물, 사실이 확인되지도 않은 허물로 사람을 판단한다. 군자모델을 찾기에 더 어려워진 시기라고 해야 하나?

행실이 점잖고 어질며 덕과 학식이 높은 사람으로 정의되는 군자는 내가 확인하지 못하는 다른 시대의 사람? 다른 환경의 사람? 을 책이나 매체를 통해 확인하지도 않은 사실아래 군자라는 이미지를 적용하는 것을 발견하였다.

내가 가야할 길이라는 것은 생각조차 안하고 있다는 발견 또한 약간의 충격이었다.

융합코칭에서 적용되었던 이솝우화 "사자를 처음 본 여우"의 이야기는 사자를 처음 본 여우가 처음엔 놀라 죽을 뻔 하고 두 번째는 조금 익숙해지며 세번째는 용기내어 대화를 시도해 본다.

군자라는 단어가 내게 그러하다.
처음엔 낯설고 군자를 떠올릴 만한 모델도 생각하지 못한 내게 위인들을 떠올리고 나의 일상에서 내가 조금씩 익숙해질 덕목임을 생각하는 귀한 시간이었다.

사자가 여우를 다가오게 함이 군자라 생각했던 시작이 일상에서 이미지로 내 상상을 자극하며 내게 말한다.

여우의 첫 번째, 두 번째, 세 번째 변화가 나의 군자의 걸음의 시작이라고 —-

公子曰, 性相近也, 習相遠也
(공자왈 성상근야, 습상원야: 성품이 서로 가까우나 익히는데 따라 서로 멀어지게 된다)

김소연 창의인문독서교사

Epilogue 창의인문독서 에세이 - 인(仁)

나 그대에게 묻는다.

나는 기억한다. 내가 태어난 그 날을.
무(無)라는 이름의 그대가
유(有)라는 이름과 함께 살아 숨 쉬게 된 그날이다.

나는 기억한다.
하나의 인이 하나의 신이 되려했던 나날을.
달콤한 열매를 맞보기 위해
그대가 준 쓰디쓴 잔들을 비워내던 날들이다.

나는 기억한다.
마지막까지 믿었고 지키려 한 것을.
인으로 이 세상에 태어나 인을 감내하며,
죽는 그날까지 인을 바라보았다.

나는 묻는다.
그대가 내게 하고자 했던 말들을.
굳게 닫힌 입을 바라보며
답답한 마음에 속이 까맣게 타들어 간다.

그리고 지금, 나는 깨달았다.
처음부터 그대는 항상 그대였다는 것을.
아무것도 바라지 않았다는 것을.
정작 굳게 닫혀있던 건 나였다는 것을.

유영근 창의인문교사

Epilogue 창의인문독서 컬럼 - 인(仁)

인은 사랑이다.

우선 그 사랑을 품고 읽는 것이다

그리고 나서 그 사랑을 나누며 행해야하는 것이다.

그 사람이 내안에서만 고여 있다면

그것은 완전한 사랑이 아니고 온전한 인도 아니다.

행했을 때 동했을 때에

비로소 인은 시작된다.

죽음 앞에서도 나 자신에 대한 사랑뿐 아니라

사람을 사랑하는 사람으로 그 인으로 행할 줄 알아야한다

그럼으로써 인은 거둠의 열매를 맺어야 한다.

사랑의 열매를 행함의 열매를 맺어야만 한다.

인은 고여 있는 고요한 사람이 아니다.

사랑은 간직하는 소유가 아니고 더 가지는 것이 아니다.

행이 멈추어있다면 사람도 인도 멈춘다.

한 사람의 인으로 한사람의 사랑으로

한사람의 행으로 시작된다.

홍시온 창의인문독서교사

Epilogue 창의인문독서 컬럼 - 효(孝)

작은 효(孝)의 반짝임

'어머니', '아버지'. 이 두 이름만 들어도 마음이 아려온다. 그들을 너무나 사랑하지만 불효한다고 생각하기 때문 아닐까?
아려오는 마음을 진정시키기 위해 효를 행하려고 한다. 하지만 매번 효를 행하러 가는 길이 십만 리. 효가 무엇이기에 이토록 행하기 힘든 걸까? 진짜 효란 무엇일까?
효의 사전적 뜻은 어버이를 잘 섬기는 것이다. 그렇다면 잘 섬기는 것이란 구체적으로 어떤 행동을 의미 할까?

그 물음을 생각하니 '어부와 큰 고기와 작은 고기'라는 이솝우화가 떠오른다. '어부가 바다에서 그물을 끌어당기고 있었다.
어부는 큰 고기를 잡아 뭍에다 널었다. 그러나 작은 고기들은 그물코에서 빠져나가 바다로 도망쳤다.' 이 우화에서 어떤 때에는 작은 것이 더 좋다는 것을 알려준다.
이처럼 큰 것으로 효를 행하는 것도 좋지만 작고 진심어린 효도 더 좋을 수 있다는 것이다.
예를 들어 보자. 부모님께 큰 집, 큰 차, 비싼 옷들을 선물 드리는 것은 좋다.
하지만 부모님 이야기를 경청해준다거나 부모님께 정성어린 편지를 쓴다거나 부모님과 산책을 나가는 것 등 작은 것들도 어떤 때에는 더 좋은 효가 될 수 있다는 것이다.

子曰. 禮云禮云 , 玉帛云乎哉. 樂云樂云 , 鐘鼓云乎哉
자왈. 예운예운 , 옥백운호재. 악운악운 , 종고운호재.

공자께서 말씀하셨다.
"예(禮)가 어떻다. 예가 어떻다 말들 하지만, 그것이 옥이나 비단을 말하는 것이겠는가?
음악이 어떻다. 음악이 어떻다 말들 하지만, 그것이 종이나 북을 말하는 것이겠는가?"

이 문장에서 말하려고 하는 것처럼 효도 그 어떤 겉치레보다 진심어린 마음이 제일 중요하다는 것을 알 수 있다.
부모님은 나를 키우기 위해 일생을 나에게 집중하셨다. 24살이 된 지금은 그들이 외롭지 않게 친구가 되어준다.
그것이 작지만 부모님 마음을 가장 반짝이게 할 수 있을 것이리라.

강보라 창의인문독서교사

창의인문독서교사 교육을 시작하며

잡지(꼴라쥬)와 도형피스를 활용한 창의사고체험교육

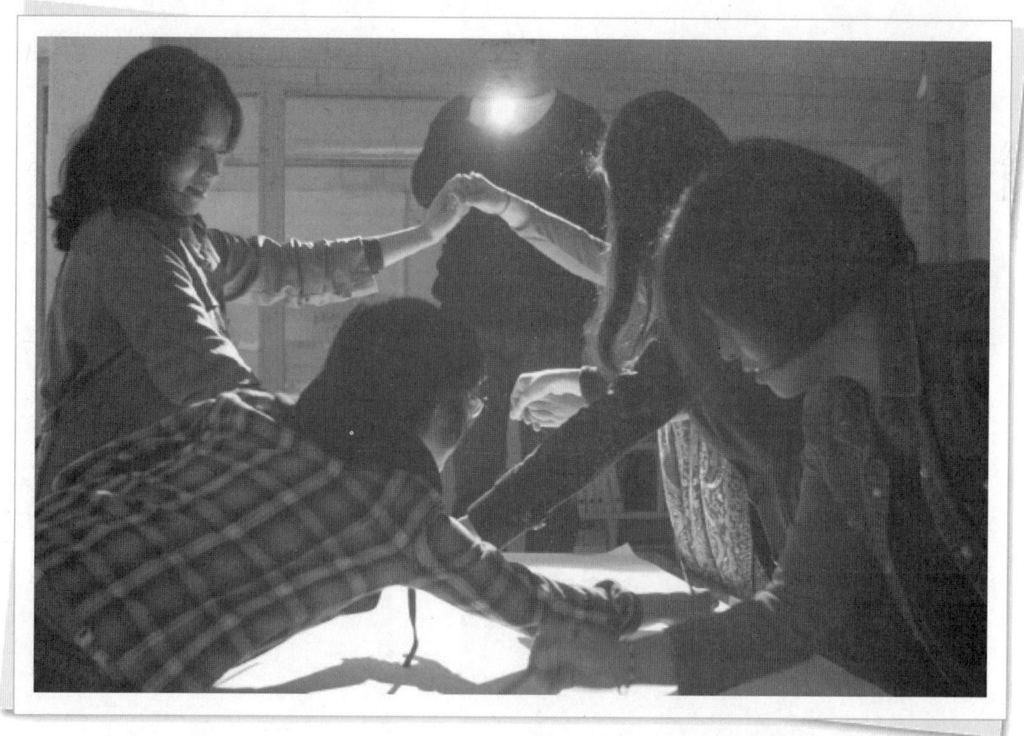

빛과 그림을 활용한 논어의 사고유발 교육체험

창의인문독서활동 사진

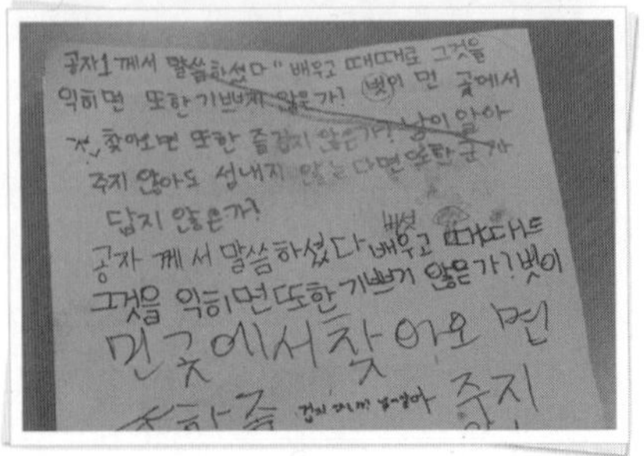

빈민가 크레아티오 창의인문독서교실

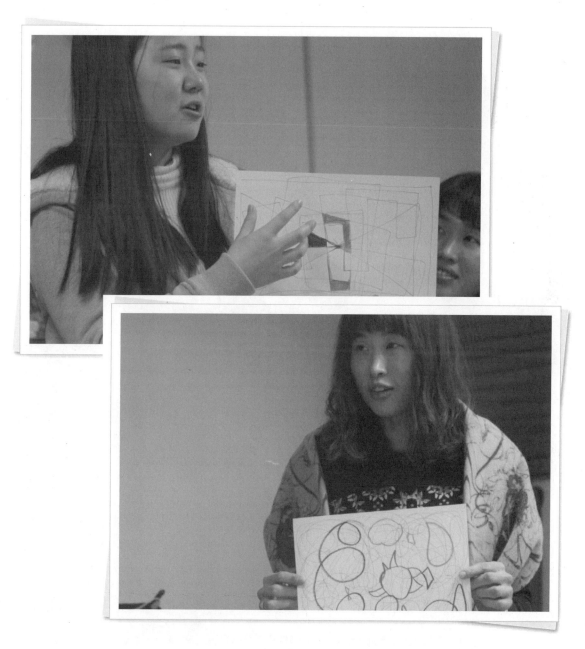

직선과 곡선을 활용한 창의사고 끄집어내기 자기소개

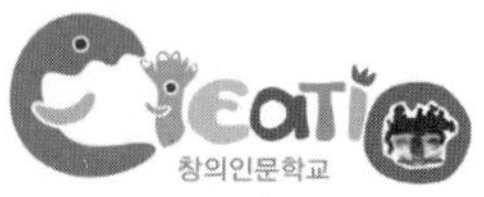

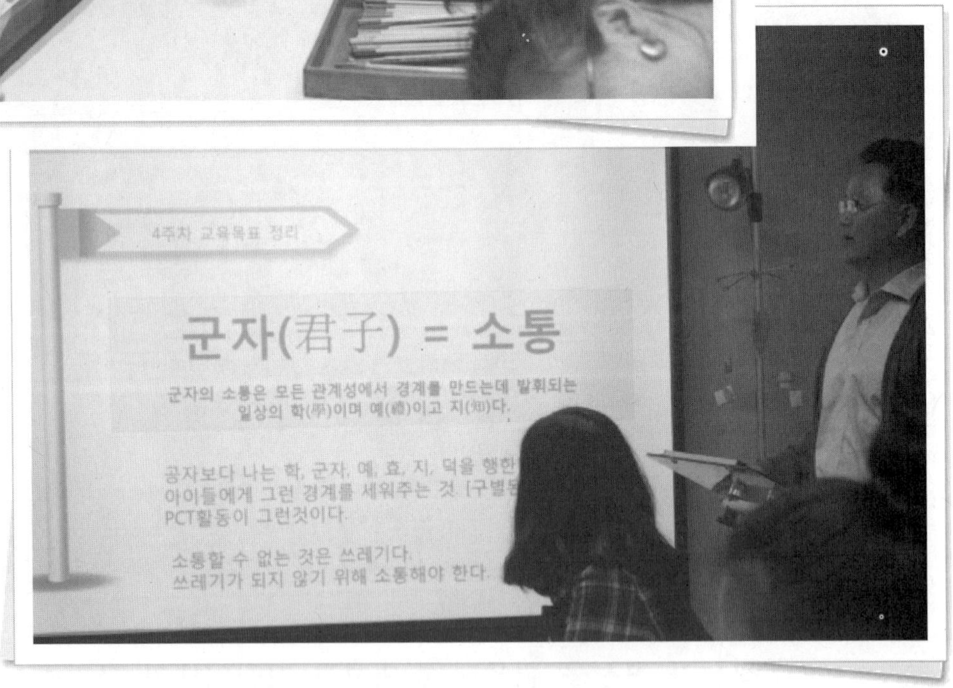

창의인문독서교사 군자(君子)의 소통편

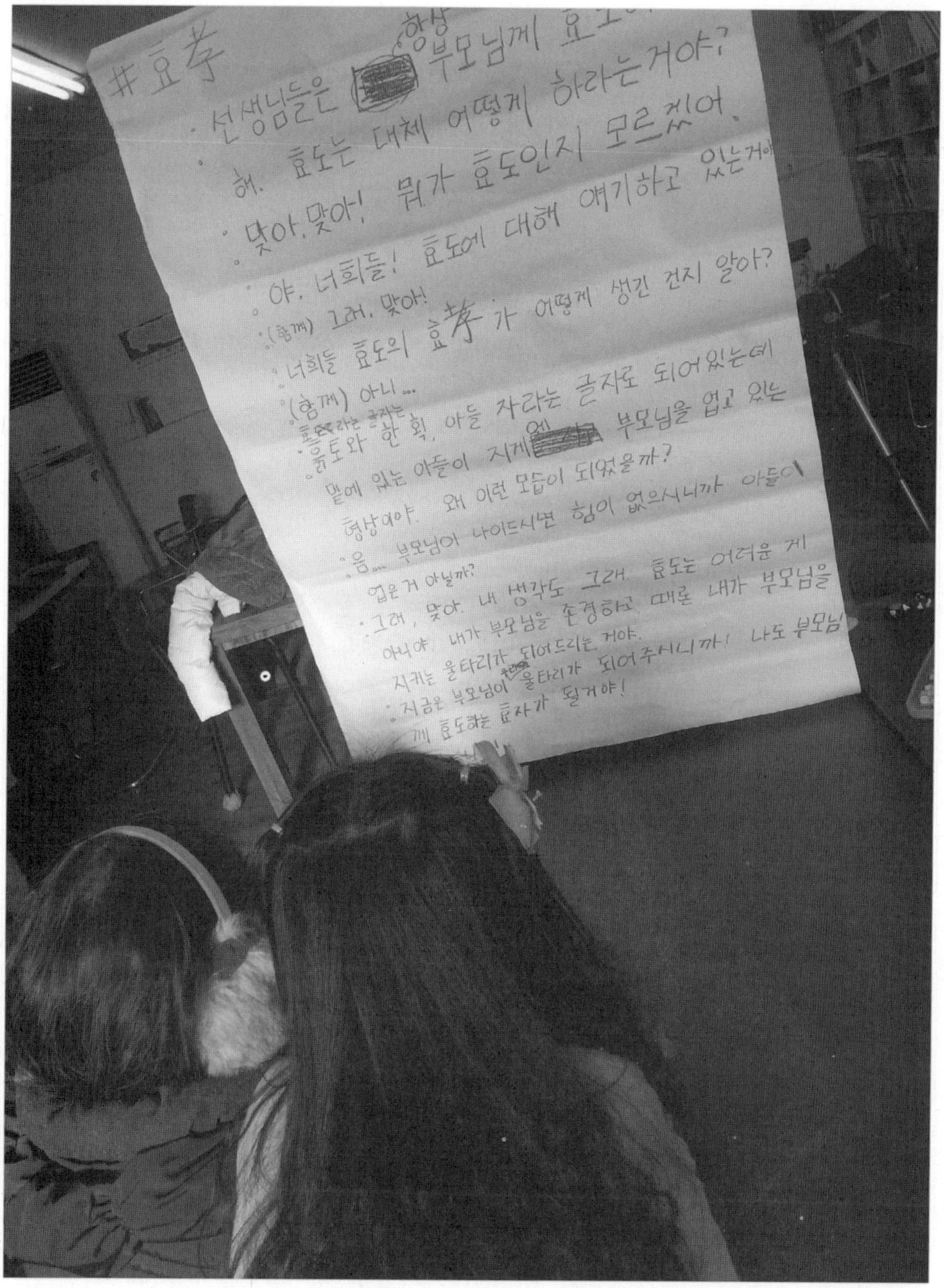

창의인문독서코칭 논어 인형극을 위한 대본 연습하기

크레아티오 창의인문 독서코칭교재

발 행 일 : 2014년 8월 15일

지 은 이 : 장태규

엮 은 이 : (사)청소년아이프랜드

펴 낸 곳 : 아이펀(IFUN)

등록번호 : 251002010000334

등록일자 : 2010년 11월 11일

제작한곳 : 더드림미디어

www.ifunstuio.org / www.creatio.kr

문의

Tel : 02-715-6755 Fax : 02-715-6756

[교재 제작에 함께 해주신 분]

장태규 대표

[창의매니저]

유영근, 양수진, 백미희, 박은영, 허 정, 장지율, 임예선

[창의인문 독서교사]

김진순, 이아영, 오동훈, 임계희, 김지혜, 박경철, 이정구
이다혜, 김현아, 홍시온, 안선주, 박운영, 강보라, 한지효
최은정, 소순탁, 최미령, 김승환, 장유정, 홍사성, 양혜영
김유리, 김민경, 임주리, 서근영, 김스란, 서범준, 손나라
박재희, 한지효, 강혁중, 장은주, 변진욱, 이헌정, 이지수
조아라, 김문주, 남정은, 류동균, 윤혜진, 김진희, 박수진
장영주, 홍수연, 박미정, 이대경, 이선미, 이예은, 이기은
황지연, 앤드류창 교수, 한성희 교수, 권일남 교수